AF452964

A

Auguste BRÉAL

AU-DESSUS DE LA VILLE

EDMOND JALOUX

AU-DESSUS DE LA VILLE

30 BOIS ORIGINAUX DE ROGER GRILLON

LE LIVRE DE DEMAIN

ARTHÈME FAYARD & CIE, ÉDITEURS — PARIS

18-20, rue du Saint-Gothard, 18-20

I

JUSQU'AU coucher du soleil, Armand Vautier ne prenait, en somme, qu'une bien faible conscience de sa vie. Il se débattait tout le jour au milieu des soins et des remèdes et n'appartenait qu'aux prescriptions de ses médecins. Mais quand il était couché et qu'il s'enfonçait avec délectation dans les draps froids, sa sœur Constance entrait dans sa chambre et lui faisait la lecture. La fièvre, qui s'allumait alors doucement en lui, donnait en même temps du vague et un certain relief fantastique aux pages qu'il écoutait. Celles qu'il préférait relevaient d'ailleurs des mondes imaginaires. La voix de Constance avait une cadence qui le berçait, et les propres inventions de son cerveau glissaient sur les mots qu'il entendait, comme l'aéroplane sur le sol avant de s'élever. Machinalement, cela l'incitait à faire des projets d'avenir, bien que cet avenir lui fût mesuré. Même par un raffinement de perversité, il s'attribuait moins de mois à vivre que l'état de son mal et la simple logique ne lui en donnaient à première vue. Mais il eût été fâché que sa sœur montrât là-dessus un optimisme qui n'était pas le sien. De mois en mois, à mesure que ses forces déclinaient, il avait fait de sa vie, à la manière des malades, une sorte de religion ; tous les actes y avaient la solennité et l'inflexible retour des rites pieux, et sur chaque sujet un dogme était établi. Sa mort prochaine était un de ces dogmes, comme sa conviction qu'il ne retenait en rien sa sœur auprès de lui, qu'elle demeurait libre, entièrement libre, d'aller et de venir, comme l'idée qu'il n'avait, en tant que poète, qu'un médiocre talent et que c'était une conspiration affectueuse mais inutile, de ses amis, qui tendait à créer autour de lui la légende, sinon d'un génie, du moins d'un grand écrivain, original et personnel en tout. Sur ces points-là et beaucoup d'autres, aucune discussion n'était possible. Armand tenait toujours prête une bulle d'excommunication majeure à jeter à la tête de tout interlocuteur dissident. Le maintien de ces dogmes ne l'occupait pas moins que les remèdes qu'il absorbait pieusement, mais sans croire à leur efficacité.

La maladie paraît indigne et révoltante à quiconque est arraché brusquement à la pleine santé, mais le mal et Vautier avaient fait connaissance de bonne heure.

Fils d'un homme demeuré veuf encore jeune, et qui nichait, vieillard maussade et tyrannique, dans un château des Ardennes, mi-ferme, mi-gentilhommière, il avait été mis au collège dès sa dixième année. Il s'y était pris d'un tel goût pour l'étude que le travail seul comportait à ses yeux une part de plaisir. A seize ans, comme il le relevait d'une attaque de grippe, son docteur s'aperçut que, depuis longtemps déjà, sa colonne vertébrale se faussait ; l'omoplate se rabattait lentement sur le poumon gauche, comme le couvercle d'une tabatière. On le renvoya chez lui. Peu après, les premières hémoptysies apparurent, et il lui fallut apprendre dès lors, chaque jour, à se disputer à la mort. Ce marchandage durait depuis des années. Exilé d'abord en Suisse, il y fut pris du dégoût de ces sanatoriums où trente, quarante moribonds réunis regardaient péricliter leurs voisins, et, n'ayant pas la force d'accepter ce voisinage, il commença une vie errante.

A la mort de son père, il découvrit sa sœur, de beaucoup sa cadette et maintenue jusque-là dans un couvent ; belle personne svelte, au teint égal et ivoirin et dont les cheveux gonflaient autour des tempes, comme des grappes de raisins.

Dès leurs premières conversations, il distingua en elle une intelligence encore endormie, à la façon du germe dans le sol, mais toute proche de la sienne. Il se passionna pour cette enfant, non sans l'arrière-pensée, sans doute naturelle aux malades, de se faire aimer d'elle pour la mieux asservir. En même temps, il accomplissait un extravagant périple, séjournant ici ou là, hanté par les illusions des tuberculeux qui croient trouver quelque part un repos nouveau. De Berck à Sils-Maria, de Cannes à Madère, il erra, tantôt plus souffrant, tantôt rebondissant à la vie. Chaque dépaysement lui donnait une amélioration relative, dont il jouissait sans abandonner son cher dogme d'une prompte mort, mais qui ne durait guère et dont il fallait retrouver ailleurs le bien passager. Les médecins avaient renoncé à lui assigner une résidence fixe, le voyant ragaillardi par les sursauts d'une existence qui eût tué tout autre que lui. Sans croire à sa guérison, ils reconnaissaient qu'il administrait très bien sa force vitale, avec une industrieuse sagesse qui les déconcertait.

Cette Constance, enfermée, elle aussi, tout enfant en un cloître, trompant son cœur avec les apprêts du mysticisme, comme on orne de fleurs et de vases d'or un autel vide, n'avait ouvert la porte du monde que pour y connaître un frère en danger. Ses instincts comprimés de dévouement et de tendresse se trouvèrent libérés du coup. Le but que tout être jeune cherche à son incertaine vie fut atteint. Son ardente pitié enveloppa cet être émacié, voûté, demi-bossu, et dont l'intelligence attisait les yeux avides, dans des orbites caves ; mais, en même temps, son propre esprit s'épanouit dans la société d'un homme qui n'était que pensée. Ecouter ses remarques, riches de sens, sa conversation, toute en aperçus passionnés et en boutades ; le voir travailler, écrire ses vers ou ses dialogues philosophiques, qu'il recommençait et raturait sans cesse jusqu'à ce qu'il y trouvât cet aigu plaisir personnel, qui était sa mesure de leur perfection ; recopier elle-même ces œuvres rares dont elle attendait le retentissement, dans le cercle très large de lettrés européens, où l'on admirait Vautier ; lui faire la lecture de ses livres préférés, quand le soir venait et, avec lui, la fièvre ; assister aux colloques qu'il avait avec ses amis, écrivains ou érudits, et en particulier avec deux d'entre eux, Pradelle et Bergevin, particulièrement chers à son cœur ; telles étaient les joies de l'austère vie de Constance. Elle n'en eût souhaité aucune autre, n'était l'inquiétude que lui causaient la santé d'Armand et le chagrin de le voir souffrir. Nul des biens de ce monde ne lui semblait avoir le prix de cette existence en commun avec une libre intelligence, qui faisait son miel, à chaque heure, de toutes les fleurs terrestres. L'ivresse de vivre et la peur de mourir donnaient à Vautier une impatience furieuse, qu'il apportait, en quelque sorte, à absorber les éléments de l'univers et à les transformer en substance personnelle ; Constance en recevait l'impression profonde qu'elle vivait double, et triple, tandis qu'elle courait avec son cher malade d'habitacle en habitacle.

La tyrannie se développe comme le lierre ; sitôt un surgeon jeté, en voici un autre, et un autre encore ; elle rampe sournoisement, et sa victime devient pareille à Laocoon, qui ne saurait compter les nœuds qui le privent d'agir. Vautier avait admis une fois pour toutes qu'il respectait et respecterait toujours la liberté de Constance : ceci dit, nul remords ne troublait sa conscience. Il n'y a pas de vice isolé ; chacun, à peine né, se crée un frère à son image et à l'abri duquel il croît ; cet adjuvant magique, c'est l'hypocrisie. Avez-vous entendu un avare gémir sur son gaspillage ? Il ne gémit que parce qu'il est déjà avare, mais ses plaintes arrivent à le persuader, et il redouble d'avarice. Au surplus, dans le cas qui nous occupe, Constance ne savait point qu'elle était entre les mains d'un despote ; elle appelait sa servitude, dévouement, et tout était prononcé. Un malade a toujours les excuses de ceux qui l'aiment.

Depuis longtemps, les lectures de Vautier l'incitaient à visiter l'Espagne ; son médecin essayait en vain de l'en détourner. Mais il avait constaté, à plusieurs reprises, qu'une déconvenue violente était plus néfaste à Vautier qu'une tentative hasardeuse. Il finit par admettre ce voyage. Un ami andalou dénicha, au-dessus de Grenade, une grande villa à louer, d'où la vue rayonnait sur tout le pays. Armand et sa sœur s'y acheminèrent dans les premiers jours de septembre. Vautier ignorait l'Espagne. En ce pays tout vertèbres, il reconnaissait à chaque coin une figure de Cervantès. Jamais Constance ne l'avait vu aussi content. Pour elle, il faisait miroiter l'orient de son esprit, comme au milieu d'une société de choix. Le pittoresque agissait sur lui à la façon du vin ; il en recevait une chaleur féconde, qui le rendait inventif et gai. Il en oubliait ses fameux dogmes et parlait presque comme chacun de nous, c'est-à-dire comme quelqu'un qui se croit immortel.

Malheureusement, à Grenade, il eut une pleurésie dont il faillit mourir. Il en guérit cependant, mais se trouva de plusieurs degrés descendu plus bas dans l'escalier funeste. Pour la première fois, il se sentit effleuré par l'aile froide, et il eut peur. Il voulut revoir ses manuscrits et décider du choix qu'il y aurait à y faire, posthumement. Il pria donc Constance d'écrire à son meilleur ami, qui devait être son exécuteur testamentaire, de venir le trouver et de passer quelques semaines avec eux à *las Delicias*.

En l'attendant, ils eurent tout le temps de s'installer dans leur nouvelle demeure. Elle leur avait été cédée par un peintre anglais qui venait de partir pour les Indes. Le confort britannique s'y mêlait à une sorte de luxe espagnol, d'un goût douteux. Située dans un grand jardin, on y dominait Grenade, et l'on s'y sentait très loin de tout, comme s'il n'y avait aucune communication possible entre cette maison isolée et le reste du monde. On y respirait une sorte de repos très noble, mais un peu triste et qui deviendrait vite desséchant.

A peine rétabli, Vautier voulut parcourir le jardin qu'il trouva à son goût, qui mêlait, dans ses arbres, le Nord et le Midi. Mais il ne se montra pas résolu à visiter Grenade.

— Ce que j'en vois me suffit, dit-il à Constance. Je ne veux pas savoir comment bat son cœur, ni comment fonctionnent ses reins.

Cependant, il descendit jusqu'au gâteau de miel de l'Alhambra et parcourut les terrasses et les enclos muets du Généraliffe, tout bruissants de jets d'eau et de feuilles drues. Les images romanesques qu'il rapportait de ces endroits célèbres l'incitaient au travail. Le soir, au lieu d'écouter sa sœur, il lui dicta quelques longues pièces, qui ne contenaient aucune allusion directe à ses visions espagnoles, mais qui leur devaient cependant une sorte de couleur nouvelle. Pour traduire les sentiments de Saint-Just, après la mort de Mlle de Sainte-Amaranthe, ou pour montrer Moïse, au seuil de la Terre Promise, la soupçonnant différente de son rêve, il eut une certaine façon de dépeindre les aspects voluptueux du monde. Constance écoutait avec respect la voix, tantôt bredouillante et tantôt aiguë, de son frère lui confier ces choses, qui lui paraissaient comme engluées encore d'un beau génie natif.

A vrai dire, le choix de Vautier en disait long sur sa volonté de faire dans son œuvre un tri sévère. De tous ses admirateurs, Hugues Pradelle était le plus enthousiaste, le plus juvénile, le moins capable de lui donner un avis impartial. A ses yeux, Vautier n'avait de maîtres et d'émules que parmi les morts ; ici-bas, il rayonnait. Il le voyait pareil au banyan, qui jette ses rameaux jusqu'à terre pour les y enraciner et en faire jaillir une cité de banyans. Vautier, c'était l'avenir. On ne discute pas l'avenir, on protège sa naissance.

Dans son sursaut physique, recevant le souffle pestilentiel du gouffre, Armand n'avait ressenti ni impression de délivrance, ni détachement : non, bien au contraire, de toutes ses forces il faisait désormais corps avec la vie. Défaillant, il cherchait encore un appui, un excitant à durer. Il n'en connaissait point en ce moment, hors l'admiration d'autrui. Pour obtenir cette admiration, il avait supporté les affres et les privations d'une vie, par bien des côtés, misérable. Elle seule l'avait consolé de tout ; et Constance, comme Pradelle, demeuraient ses encensoirs de choix ; la fumée qu'ils brûlaient devant lui flattait plus doucement ses narines que toute autre. Craignant de mourir, il cherchait confusément ce qui ressemblait le plus à une apothéose, du moins, tant que ses forces physiques l'autoriseraient à se croire un fils de la terre. Car il se doutait bien qu'il toucherait un jour à la zone d'indifférence à la suite de laquelle il n'y a plus rien.

Hugues Pradelle avait quelques années de moins que Vautier. Il était venu à lui, dès ses premières œuvres, ayant écrit à son sujet de ces choses qu'on trouve naturelles à vingt ans : « Ce sera la gloire et la joie de ma vie d'avoir connu Armand Vautier. Mais de quels mots encore vierges pourrai-je délimiter cette extraordinaire physionomie ? » C'était le fils d'un Français et d'une Italienne. Sa figure, d'un teint mat comme celui d'une jeune fille, avait une morbidesse particulière. Ses traits réguliers et fins, ses yeux d'un bleu gris, une lèvre gourmande, un je ne sais quoi de fier, de bon garçon et d'ingénu, en faisaient un être agréable à voir. Il respirait la santé, le besoin de trouver autour de soi la confiance, la sympathie. Il lui fallait une température moyenne ; un mot froid, une attitude empruntée, lui donnaient un malaise qui allait jusqu'à la souffrance. Il ne les supportait pas plus qu'un camélia de serre le coup rude de nord-est qui traverse le carreau brisé.

Vautier l'avait attiré, si jeune, peut-être, en effet par le prestige de son verbe, plutôt par l'attrait qui vous fait aller du côté de la lumière. Il avait cru distinguer que le soleil se levait sur Armand ; il l'avait choisi, parce qu'il aimait à se réchauffer à quelque chose qui ressemblait à la gloire. Une gloire naissante seule vous baigne de sa chaleur ; plus tard, l'astre refroidi brille toujours, mais ses rayons réfractés et orgueilleux ne descendent plus jusqu'à vous. Il est rare qu'un créateur donne longtemps ses soins à un parterre sentimental ; les figures qui l'obsèdent et qui veulent naître lui cachent bientôt les êtres de chair qui cherchent à entrer dans sa vie. Il s'en tient à celles qui y ont pris place, quand son imagination plus faible et plus tendre n'était pas aussi fortement sollicitée en dedans.

Hugues n'était pas homme à légiférer, il sentait ces choses sans les exprimer, comme nous sentons presque tout. Sa jeunesse avait besoin de s'offrir. Armand s'était trouvé à point pour cueillir ce cœur tout frais. Jusqu'ici leur amitié demeurait transparente. Hugues prodiguait ce que lui inspirait sa sensibilité. Vautier son cerveau. Tous deux gagnaient à ce commerce, et si, aux yeux des personnes sentimentales, Vautier semblait donner le moins, ce n'en était pas moins Pradelle qui recevait le plus.

Aussi son inquiétude fut-elle vive quand il reçut la lettre par laquelle Constance l'informait du mauvais état de son frère, mais elle céda tout de même à la joie de passer plusieurs semaines,

— sinon des mois, — dans l'intimité du grand homme et dans une demi-solitude qui la ferait plus complète encore. Un autre élément se mêlait à ce plaisir, mais si confus, si inexprimé, que Pradelle l'éprouvait sans avoir conscience qu'il fût dissocié du premier.

Il arriva à Grenade dans la dernière semaine de septembre.

II

CONSTANCE l'attendait à la gare.

Une voiture attelée de deux mules à pompons rouges stationnait au bord du trottoir. Les jeunes gens y montèrent, et les bêtes agiles commencèrent de courir par la ville. Pradelle, tout fiévreux de son voyage rapide, éprouvait devant Constance la gêne que cause une étrangère. Il la reconnaissait mal. Peut-être avait-elle changé ; sûrement pâli. Les images qu'il conservait d'elle ne s'accordaient plus avec sa réalité. Elle lui semblait moins femme quand, naguère, il évoquait son souvenir. C'était un bon camarade, un ami, la sœur dévouée d'Armand Vautier. Ici, il voyait un être à la fois plus éloigné de lui et plus proche, immédiat et caché.

Mais bousculé encore par la fugacité de ses impressions nouvelles, il ne s'arrêta pas à celle-là. Il poussa un cri de surprise en désignant quatre ou cinq vaches, sans gardien, couchées en liberté sur un trottoir de la *Calle de Elvira*.

— Cela vous étonne ? dit la jeune fille, en riant. En Espagne, on est pastoral.

Pendant quelques minutes. Hugues essaya de surprendre les différences qu'il y avait entre ce pays et celui qu'il quittait. Elles lui échappèrent; elles étaient partout et nulle part. Il y renonça.

La voiture attaquait les pentes de la colline.

— Avant que j'arrive, fit Pradelle, dites-moi comment je vais retrouver Armand.

— Grâce au ciel, il a surmonté cette nouvelle crise! Depuis qu'il vous attend surtout, il va beaucoup mieux. Mais pendant quelques jours je l'ai cru perdu.

— Ma pauvre amie !

— Dieu ne m'a pas abandonnée, dit-elle, en souriant. Il m'a envoyé la force de le soigner avec énergie et la grâce de ne pas désespérer. Je ne trouve pas que son état se soit très aggravé.

— Que je suis heureux de vous entendre parler ainsi!

Il ressentait, en effet, un extraordinaire sentiment de bonheur. Il l'attribuait aux bonnes nouvelles qu'il recevait et il regardait sa compagne avec reconnaissance, comme le foyer d'où émanait cette joie.

... Singulier, quand même! Elle n'était plus la même. Sa peau avait quelque chose de plus lumineux; ses yeux, une expression différente. Y avait-il un élément nouveau dans sa vie? Quoi donc? Un seul imprévu est possible dans la vie d'une jeune fille. Cette pensée ne s'était pas plus tôt formée qu'elle révélait à Pradelle un autre aspect de Constance, un aspect amoureux, intime. Il en eut chaud aux joues et la considéra d'un œil moins respectueux. Ce petit signe, sur sa poitrine, à gauche, un peu bas, il ne l'avait donc jamais vu? Il fut choqué par la liberté de son imagination et attristé comme de perdre quelque chose. Son émotion sensuelle déjà devenait sentimentale, il souffrit obscurément de la solitude. Et, par association d'idées :

— Armand n'est-il pas triste, ici?

— Pourquoi?

— Ce pays doit être si vivant, si gai...

Il n'osa pas dire amoureux, mais son regard se porta sur la bouche de Constance, bouche renflée, un peu longue, et d'un rouge si pur qu'il lui parut artificiel. Plus qu'à la chair humaine, on pensait à un fruit, à une pierre polie.

— Oh! Armand vit si peu au dehors! Vous savez que les endroits qu'il traverse n'ont pas grande influence sur lui!

— Travaille-t-il?

— Plus que jamais!

Elle lui parla avec enthousiasme de ses derniers morceaux lyriques, de ses fragments sur Saint-Just, sur Moïse, d'un poème sur le paon qui hantait un jardin voisin et qu'il transformait en un si beau symbole. Hugues retrouvait la compagne intellectuelle, l'amie franche aux conversations enthousiastes et confiantes ; peut-être s'était-il trompé en lui attribuant une aussi complète métamorphose. Il sourit avec bonheur au bois foisonnant qui s'ouvrait devant lui.

Les arbres innombrables cachaient à demi le ciel où remuaient déjà des semences d'étoiles. La voiture contournait des troncs puissants, et les mules écrasaient les feuilles mortes. Une odeur chaude, une odeur de pourriture et de végétations millénaires, montait du sol, forte et lourde comme l'haleine d'une bête sylvestre. On ne distinguait dans le demi-jour que de multiples traits à l'estompe.

La voiture, tout à coup, eut un cahot très rude ; Pradelle fut projeté contre Constance. Brusquement, toute sa chair apprit le contour du corps féminin ; sa jambe connut cette jambe, son bras éprouva le moule de cette gorge, qu'il n'imaginait pas si pleine, ni si ferme. Dans la nuit, une ardeur subite l'enveloppa ; une révélation brûlante et bizarre, qui faisait corps avec l'ombre, avec la volupté, toujours mêlée aux ténèbres. Révélation d'une beauté plus secrète et plus parfaite que celle qu'il supposait. Mais cette beauté, ainsi qu'il le craignait, se promettait-elle déjà à quelqu'un? D'un mouvement machinal, il prit la main qui reposait tout près de lui, blanche comme un morceau de camphre, et la serra passionnément. C'était une petite main docile, une main réservée, mais sans révolte. Elle ne frémit pas dans celle de Pradelle, elle ne se crispa pas, mais ne se retira point.

« Passive comme la Nature! » se dit le jeune homme.

— Je suis si ému de revoir Armand! fit-il à haute voix, comme pour donner à son geste une signification différente.

— Vous êtes notre meilleur ami, répondit Constance.

On entrait dans le parc. Un homme courait au-devant de la voiture avec une lanterne, qui n'éclairait que ses jambes, deux jambes longues et fantastiques qui s'agitaient très vite. Le bruit des eaux courantes fut plus fort que dans le bois. Hugues Pradelle vit grandir dans l'ombre une villa que la nuit faisait très grande et dont les fenêtres étaient rayées d'or. Il sauta à terre, et, comme il franchissait le seuil, Vautier le prenait dans ses bras et lui donnait une fraternelle accolade.

Une heure après, ils étaient à table, une table trop grande, éclairée par de lourds flambeaux de cuivre. Le domestique qui les servait, lourd, grimaçant, le visage mafflu et dont la barbe, bien que rasée, noircissait la peau jaune, avait la mine d'un *chulo*. La fenêtre ouverte laissait entendre un chant égaré, chant rauque et nasillard, et qui débutait par le tremblement guttural d'une note très haute, sombrant tout à coup en mineur. Puis c'était le cliquetis d'une guitare.

— Bientôt deux ans sans vous voir, Pradelle! Que de temps perdu! Vous avez tort de m'abandonner ainsi. Avec les autres hommes, il y a toujours de la ressource. Avec moi, les jours sont des mois.

— Vous êtes un faux malade, Vautier. N'importe qui serait anéanti par les coups que vous recevez. Mais vous êtes toujours jeune. La jeunesse des poètes.

— Oui, une jeunesse sans lendemain. La jeunesse de Herrick, la jeunesse de Parny. La couronne de bleuets que tresse une jeune poitrinaire. C'est peut-être la plus belle. Une jeunesse qui dure ressemble à un colibri empaillé.

— Hugues a raison, dit Constance, jamais tu ne t'es mieux porté.

Pradelle, comme Mlle Vautier, savaient que le poète ne tenait pas à paraître solide, qu'il mettait son point d'honneur à se croire très malade. Mais ni l'un ni l'autre ne voulaient entrer dans son jeu ; leur horreur du mal les relançait à tel point qu'ils contrecarraient là-dessus Vautier jusqu'à l'offense. Ils ne pouvaient concevoir son parti pris. Il s'en irrita et le leur fit sentir en changeant brusquement de conversation.

— Parlez-nous de nos amis !

— Chacun a des projets, chacun travaille, dit gaiement Pradelle. Il y a une telle joie dans la création !

— J'ai reçu le petit livre de Bergevin, fit Vautier. Il n'est pas sans qualités, mais comment un esprit aussi lucide, aussi pénétrant, donne-t-il à son œuvre une conclusion à ce point naïve ? Qu'est-ce que cette philosophie savonneuse ? Que je voudrais voir notre cher Bergevin plus dur, plus amer ! Qu'il se méfie de l'optimisme : l'âme finit par y pourrir, comme ces prisonniers que les Thibétains font séjourner plusieurs années dans un cachot où il y a cinquante centimètres d'eau !

— Bergevin souffre de toute négation, répliqua Pradelle, gêné. Il lui faut manifester sa foi.

— Je le veux bien, mais qu'il lui trouve d'abord un objet ! Il affirme pour affirmer ! A quelle divinité encore inconnue va donc son acte d'adoration ?

— A la Nature, je pense !

— Il pourrait aussi bien s'adresser au Néant ! s'écria sarcastiquement Vautier. Qu'est-ce que la Nature, sinon le Néant à l'état perpétuel de devenir ? Un peu de vermine qui se détruit et dont la destruction alimente une vermine nouvelle !

Les accès de tristesse d'Armand assombrissaient Constance. Elle y démêlait sa douleur que le sol lui manquât sous les pieds. Elle voulut intervenir et le détourner de ses humeurs noires ; sans succès.

— D'ailleurs, Hugues, continua-t-il, si je semble critiquer Bergevin, c'est par tendresse. Je m'irrite de le voir, en route, sentimentalement s'attarder, cueillir églantines ou pâquerettes. Je souhaiterais qu'il brûlât les étapes. Vous avez tant de talent tous deux ! Avec Philippe Leminier, je distingue en vous trois la fleur de votre génération : génération, hélas, bien pauvre !

— Ceux qui restent sont d'autant plus convaincus !

— Je le souhaite, Hugues, mais vous aurez un grand nombre d'ennemis, reprit Vautier, qui s'attristait de nouveau. L'importance des faux artistes, des mauvais poètes, grandit chaque jour. Voyez la réputation d'un Claude Lothaire, d'un Bernard Gaube ! Ils ont attelé Pégase à la charrue, ils le traînent dans les labours, et tout le monde applaudit...! Ah! les drôles de bonshommes !

Dire que tout cela mange, boit, dort et veut exprimer quelque chose avec de l'encre et du papier! Exprimer quoi ? on exprime le suc des oranges, des citrons! Mais eux, c'est comme si on pressait de l'amadou pour en faire couler de la crème des Barbades! Et ces gueux-là sont si magnifiquement construits, organisés, qu'ils vivront quatre-vingts ans!

— Armand, dit Constance, ne sois pas méchant! Laisse en paix Lilliput!

— Ne me gronde pas, Constance, répondit Vautier, en riant. Si je suis sévère aux Pharisiens du culte, c'est par respect pour : saint lieu.

— Fable, fit Pradelle ; guerre que l'aigle, un jour, aux corbeaux déclara!

Vautier sourit, presque malgré lui, des yeux encore plus que des lèvres, comme toutes les fois que certaines flatteries le caressaient. Il s'en voulait souvent de ne pas mieux dissimuler sa vanité, mais il en éprouvait une réaction plus physique que morale. Il s'épanouissait à l'adulation, comme la plante aux perles de l'arrosoir.

— Ne vous sentez-vous pas dépaysé ici ? demanda Pradelle.

— Dépaysé ? Pourquoi ? s'écria Vautier. Je hais le dépaysement. Quel pauvre être serais-je, si je n'apprenais pas aussitôt le parler d'une terre nouvelle, si je ne retrouvais pas dans son atmosphère ce qui m'est indispensable et qui ce m'est inconnu! L'Espagne m'a surpris, Hugues, mais nullement dépaysé!

— Je vous admire, Armand, dit Pradelle.

Son ami eut un sourire amer.

— J'avais droit à un autre organisme, à un autre corps. On m'a trompé sur ma propre marchandise. J'étais fait pour vivre très vieux, avec une curiosité inépuisable. Et me voici déjà un moribond!

— Est-il très désirable de vieillir ?

— Assez, tout au moins. Il y a un âge où l'on a presque tout appris de ce qu'on doit savoir ; on est un vieillard. On a réduit à une sorte d'algèbre personnelle toutes les formules de cet univers, on ne s'entend plus qu'avec ceux qui ont trouvé, eux aussi, leur algèbre. On a acquis alors suffisamment de secrets

pour sauter les transitions et en venir, en toute chose, à l'essentiel. On n'est plus dupe de rien, on a perdu sa niaiserie naturelle,
on est indifférent, équitable, détaché des choses vaines, curieux
seulement des quelques résultats que l'on doit encore obtenir.
On a remplacé tous ses goûts par des passions intellectuelles
pour des sujets tout à fait spéciaux, des secrets techniques, des
raccourcis merveilleux d'expression, des questions de métier.
C'est le dernier état d'un Turner, d'un Rodin. On appelle
cela être un mandarin. J'aurais aimé en devenir un. Mon rêve
eût été de vivre avec cinq ou six mandarins de ma sorte, et de
causer avec eux de manies abstraites, dans une vie réglée par un
protocole isolateur et minutieux. C'eût été un bel avenir. Je n'ai
pas d'avenir...

Des fruits groupaient sur la table une majestueuse nature
morte ; entre les bougies, dans les jattes de cristal, oranges,
pommes, poires, khâkis, sorbes, mangues, gonflaient leurs globes
de couleur épaisse. Les grappes de raisins, à cheval sur les
pyramides, laissaient pendre leurs nattes de lumière où du soleil
tremblait encore. L'opulence du Sud se répandait, avec la magni-
ficence d'une strophe de Firdouci, la richesse d'un tapis d'Orient.
Armand Vautier frissonna et eut une quinte de toux.
— Je veille trop ce soir, dit-il. Demain, nous travaillerons,
Hugues !
Rappelé à son mal, il monta chez lui, le visage soucieux. Constance accompagna Pradelle dans sa chambre, qu'elle inspecta ;
elle vit que rien n'y manquait, sourit et souhaita une bonne nuit
au voyageur.

Seul, il ouvrit la fenêtre et s'accouda au balcon. Grenade
avait, dans l'ombre des morceaux de clarté et des morceaux de
nuit, des transparences lumineuses, des redoublements de noir-
ceur. Les bruits qui en montaient étaient faibles.
Hugues Pradelle s'écoutait vivre. Ses pensées s'enchevêtraient
les unes aux autres, partaient à la débandade. Deux ou trois
thèmes se poursuivaient dans une symphonie toujours inachevée :
le changement physique de Constance lui donnait un malaise
ou un désir, l'état aggravé d'Armand lui faisait peur, comme si

le danger se généralisait, menaçait Hugues à son tour ; la conversation de Vautier lui apportait, comme toujours, des points de vue nouveaux qu'il résuma en une phrase :

« Curieux homme ! Il est toujours inattendu ! »

Le plaisir que l'on peut éprouver à être un mandarin décontenançait Pradelle et lui échappait littéralement. Il se représentait deux ou trois Vautier, âgés, desséchés, cérémonieux, entourés de nombreux domestiques jaunes, échangeant des axiomes quintessenciés, des colloques elliptiques sur des points d'art, de diplomatique ou de psychologie, collectionnant des œuvres d'art d'une beauté invisible à la foule... Deux images combattaient celle-là : les fruits de tantôt, ces fruits de Terre Promise, qui, dans un étonnant langage, parlaient de jardins d'Orient, de séghias chantantes, et Constance, épanouie, comme malgré elle, rayonnante, portant sur un cou nu et rond une tête de Sibylle.

Pour la première fois, il se jugeait différent de Vautier. A force de s'imprégner de ses œuvres, il avait cru sentir ce que son ami sentait, avoir la même idée du monde. Brusquement, il se trouvait si loin de lui, si distant! Il ne savait pas encore en quoi ; il opposait ces deux visions contradictoires : des fruits charnus, succulents, bons à savourer, et un homme amaigri et sceptique, dissertant au fond d'un palais. En se détruisant et se combinant tour à tour, elles lui donnaient la mesure de son désarroi.

Il regardait toujours, là-bas, cette grande masse étendue, palpitante cependant, cette chose qui ressemblait à un cimetière de vivants. L'odeur de la nuit lui était inconnue; il lui semblait éprouver pour la première fois les tourments de la solitude.

Autant d'expériences nouvelles ; il dut avouer qu'il était jeune, et jeune d'une jeunesse périssable ; la maladie, ni la douleur n'enlevaient à Vautier la sienne; elle était spirituelle, ineffaçable. A son lit de mort, elle parerait son visage. S'il vieillissait, mandarin, elle illuminerait ses discours. Pradelle sentait sa jeunesse toute autre : c'était celle des sens, des appétits, la jeunesse du corps. En ce moment, elle luttait contre la sagesse désabusée, contre l'isolement, contre le trépas ; elle appelait à son secours une sœur en étourdissement!

Il prêta l'oreille, comme s'il pouvait entendre, dans une chambre voisine, les mouvements que fait une femme en se déshabillant. Un chien aboya très loin, qui semblait veiller seul sur la ville blanche.

Et soudain, Hugues frémit ; il se souvint de ce corps jeté tantôt contre le sien, de cette forme élastique et tendre, qui l'avait frappé à la poitrine, au flanc, à la jambe. Et il revit Constance au dîner ; son corsage ample avait des manches larges, flottantes ; elle avait levé le bras pour verser de l'eau dans son verre ; l'étoffe tombait à deux grands plis droits ; Pradelle, attiré par cette blancheur, avait vu tout le dessin de ce bras long, déjà puissant, et même, sous l'aisselle brune, dans un éclair, un triangle de chair pure.

Alors, il eut mal, presque physiquement, comme celui qui distingue de loin une chose interdite, et sa tristesse vague se précisa en devenant plus amère encore.

Le chien cessa d'aboyer. Hugues quitta le balcon.

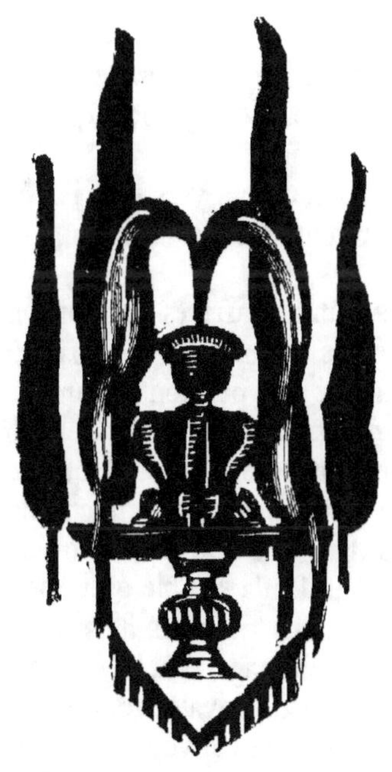

III

L_E lendemain, à six heures, Pradelle, assis auprès du lit de Vautier, examinait des papiers que Constance extrayait d'un meuble à tiroirs.

— Voici les derniers vers que j'ai écrits, dit Armand, en montrant quelques feuillets réunis par une agrafe.

Il ajouta :

— Quand nous sommes arrivés ici, notre maison n'était pas sur pied encore. Nous prenions nos repas de midi chez une Anglaise qui tient à côté une pension de famille. Il y avait devant la maison un jardin luxuriant, mais en désordre, où poussaient des plantes drues et sauvages. Ce fut là que je vis cette chose : un paon à la patte duquel on avait attaché un soulier ignoble. Il allait à petits pas dans le gazon souillé, traînant derrière lui ce poids déshonorant... Et il m'a semblé qu'il incarnait la condition humaine et que tous, nous traînions ainsi une fétide et pesante savate, mêlée à notre plumage d'or! Mais plus que tout être, le poète est ce paon en exil, ravalé aux esclavages d'une basse-cour... Voilà, Hugues, ce que j'ai voulu dire...

Pradelle écoutait ; cette pensée si vivante dans la bouche de Vautier devenait, sous sa plume, une allégorie, dont les froides et savantes métaphores s'enchaînaient interminablement. Enfermé dans sa pensée, comme un malade qu'il était, il ne voyait plus les proportions exactes des choses, et chacune de ses souris réclamait pour naître une montagne.

Pradelle s'en aperçut ; il demeura silencieux. Il n'osait dire à Vautier sa pensée exacte, et il ne pouvait, non plus, lui accorder les louanges dont il le flattait d'habitude.

Armand vit son hésitation :

— Je vous demande la vérité, Hugues.

Pradelle ne répondit pas : dans cette dernière œuvre de son maître bien-aimé, il discernait je ne sais quelle sclérose qui révélait la décadence de ses facultés. La vie semblait se retirer de ses créations.

— J'insiste, mon ami : soyez sincère !

— Trop long, dit-il enfin, beaucoup trop long ! Le développement n'est pas en rapport avec la pensée initiale...

Sans répondre, Vautier arracha les feuillets des mains de Pradelle, les déchira.

— Armand ! crièrent à la fois Pradelle et Constance.

— Je le savais, dit-il, mais je ne voulais pas le croire. Allons ! je suis fini !

Il ferma les yeux et demeura immobile ; son grand nez pincé jaillissait entre ses joues caves ; ses paupières bleuies s'enfonçaient dans une ombre pesante.

— Laissez-moi tous les deux, dit-il, allez vous promener. J'ai besoin de repos, je me sens oppressé, il ne faut pas que je parle.

Ils voulurent lui imposer leur compagnie. Mais il choisit de rester seul.

— Si vous demeurez près de moi, je parlerai, et je dois me taire, si je veux avoir une nuit tranquille. A tantôt !... Viens m'embrasser quand tu rentreras, Constance !

Les jeunes gens sortirent ; après maintes tergiversations, ils gagnèrent le bois et descendirent vers l'Alhambra.

— J'ai eu tort de lui dire la vérité, répétait Pradelle. C'est un malade !

— Est-ce la vérité ?

— Je le crois. Je n'ai rien trouvé dans ce poème du génie de Vautier. C'est comme une belle demeure fastueuse dont le maître serait sorti.

— Je ne m'en apercevais pas.

— Il faut un certain recul pour juger de toutes choses. Si j'avais été comme vous le compagnon d'Armand, peut-être ne l'eussé-je pas vu davantage.

Ils cheminaient sous les hauts arbres, à demi ensevelis dans l'ombre, et qui portaient à leur cime, entre leurs branches, des étoiles. Un bruit d'eau s'épanchait d'une cascade. Ils traversèrent un terre-plein, occupé en partie par une construction inachevée : le palais de Charles-Quint. Levant la tête, ils virent une façade ornementée et livide, énorme, pareille aux grandes murailles farouches que le Piranèse a rêvées. De hautes fenêtres carrées vomissaient de l'ombre sur leurs ouvertures, mais au-dessus d'elles, les œils-de-bœuf s'arrondissaient en plein azur.

— M'en voulez-vous, Constance, d'avoir fait, sans le vouloir, de la peine à Armand ?

— Il faut toujours dire la vérité, fit-elle, même si l'on doit en souffrir. Armand vous a demandé de venir pour savoir ce qu'il doit garder de son œuvre, vous avez accompli votre devoir.

— C'est un cruel devoir.

— Le devoir est toujours cruel. C'est même à ce signe-là seul qu'on le reconnaît !

— Dois-je continuer à montrer à votre frère la même sévérité ?

— Sévérité, non. Sincérité, oui. Il importe qu'il ne laisse derrière lui que des choses parfaites. Je crois que son œuvre est inégale... C'est un malade !

— Inégale et, quand elle est réussie, d'une admirable beauté. A quoi bon conserver les ébauches ? Nul n'admire Armand plus que moi !

— Je le sais. Aussi ai-je confiance en vous.

Arrivés devant un petit mur, ils s'assirent. De là, ils dominaient Grenade. Devant eux s'élevait une tour qui coupait en deux le panorama de la ville. Ville étrange ; elle avait des luisants mystérieux, qui ressemblaient à des reflets dans l'eau et qui étaient peut-être la réfraction des becs électriques sur des murs blancs. Des masses d'ombre séparaient ces morceaux de lumière. On ne distinguait rien, ni toits, ni maisons, ni monuments.

— Me trouvez-vous changé, Constance ? demanda Pradelle.

— Pourquoi pareille question ?

— Il me semble que tout a changé depuis deux ans ! Vous-même, je vous reconnais à peine.

— Ai-je tellement vieilli ?

— Non, au contraire... Ou plutôt, je ne sais pas. Je me sens troublé, inquiet auprès de vous, comme si vous étiez une autre femme... une femme...

Elle tressaillit et ne répondit pas.

— Je me faisais une telle fête de venir vous retrouver tous deux ! Et voici que je me sens un étranger entre vous ! Armand n'a plus avec moi le même abandon, ce qu'il dit prend un caractère encore moins humain qu'avant, son œuvre était inanimée à mes yeux, ou bien, je ne la comprends plus... Et vous... Tenez, il me semble toujours que je vais vous appeler Mademoiselle ! Qu'y a-t-il de changé en vous ?

— Rien que je sache !

Sa voix était un peu étranglée, il voyait à peine son visage dans la nuit, mais la lumière de ses yeux tournait parfois, avec un éclair. Et il respirait une odeur chaude et douce, qui venait d'elle, de chacun de ses mouvements, de sa gorge qu'il devinait, dans son corsage ouvert.

Ils se remirent en marche. Une grille était ouverte devant eux. Ils entrèrent dans un jardin bas, étroite terrasse qui sentait. miel et le laurier. Des compartiments de buis enfermaient des fleurs obscures. Une branche de rosier griffa la joue de Pradelle au passage. Ils revirent Grenade dans son entier, non plus divisée par cette tour toute proche. Ils se perdirent dans l'énormité de la ville étalée, informe avec ces reflets d'eau dans les ténèbres des rues et ces mystérieux aspects de porcelaine blanche.

— Qui avez-vous rencontré depuis notre séparation, Constance ? reprit Pradelle au bout d'un instant.

— Personne dont je me souvienne. De vagues passants...

— Il me semblait... Je croyais qu'il y avait dans votre vie une influence nouvelle...

— Vous êtes le dernier être qui auriez le droit de me dire cela.

Il chercha à comprendre sa pensée sans y parvenir.

— Croyez-vous, dit-il, avec un rire chuchoté, j'étais déjà jaloux...

— Jaloux de qui ?...

— Mais de quelqu'un qui m'eût remplacé dans votre affection... à tous deux, se hâta-t-il d'ajouter, en manière de précaution.

— Mon pauvre ami, depuis six mois nous n'avons vu que des médecins ! Vous ne semblez pas imaginer, Hugues, quelle sinistre vie est la nôtre !

Dans ce grand silence d'un pays étranger, dans la solitude d'une nuit moite et tiède, lourde d'odeurs impénétrables, ils se sentaient tous deux pris au cœur par on ne sait quelle appréhension, quel désir et quelle crainte à la fois de la dissolution possible. L'odeur des forêts mortes depuis les millénaires, en ce même endroit du monde, flottait avec le parfum de la forêt vivante. Un insecte fit son bruit d'hélice et disparut, mal éveillé. Les vieilles influences éternelles, qui disposent de nos cœurs et de nos sens, ramenaient Constance et Pradelle à leur nudité première de fils d'Adam, pour qui le serpent symbolise toujours les conseils de la nature.

Pradelle aurait voulu prendre Mlle Vautier dans ses bras, contre son cœur, retrouver l'émotion qu'il avait ressentie en éprouvant le contact de son jeune corps. Il n'osa pas faire ce geste qui l'eût attirée à lui ; il craignait de l'effaroucher.

Peut-être Constance eut-elle quelque intuition des vœux secrets de son compagnon, peut-être même formait-elle, au fond de son être, des désirs analogues, car elle déclara qu'il était temps de rentrer.

Ils remontèrent à travers le bois.

« Rien de nouveau, rien de nouveau dans sa vie! chantait la pensée de Pradelle. Toujours la même vierge bondissante et dont la pensée est translucide! Je hais ces femmes qui ont tant de secrets, comme une eau perfide, pleine de remous... Et tantôt, cependant, n'y avait-il pas une réticence, une réserve dans ses paroles? Je n'ai même pas très bien démêlé... N'importe : elle mérite son nom : Constance au beau visage fier! S'il y a quelque chose de divin, c'est bien la confiance sûre de soi de l'enfant, de la jeune fille. Il est vrai que toute science dégrade, enseigne l'écomonie, la ladrerie de soi-même, le scepticisme, la malveillance! Mais celle-ci a plus de pureté, d'élasticité qu'aucun être! Diane courant au chevreuil! »

Ils entrèrent dans le parc. Constance mit sa main sur le bras de son compagnon.

— Il ne faut pas vous sentir un étranger parmi nous, Hugues. Vous me le promettez...

— Oui, dit-il. Je tâcherai...

Et s'emparant de cette petite main, il la baisa avec précaution, comme on respire le calice sucré du laurier-rose.

Mais en s'approchant de la villa, en distinguant les fenêtres éclairées d'une chambre, tous deux en même temps s'aperçurent que, dans leur promenade, ils avaient oublié Armand, — oublié Armand, et sa détresse, et sa misère de pauvre être abandonné à mille monstres furieux. Ils eurent honte, tout à coup, comme d'un péché, et sans se le dire, de leur course innocente.

IV

Les jours suivants, il ne fut plus question du paon. Chacun semblait l'avoir oublié, et quand Vautier demanda de nouveau à Pradelle de l'aider dans sa revision, tout le monde s'empressa autour de lui, comme s'il ne s'était rien passé d'ambigu. Mais, cette fois, Hugues fut prudent; malgré les regards éloquents de Constance qui, dans son amour de la vérité, lui intimaient l'ordre d'être sincère, il suivit, à peu de chose près, l'opinion que Vautier portait sur ses œuvres, louant ce qu'il semblait aimer, blâmant avec lui ce qu'il jugeait incomplet. Il ne retrouvait d'ailleurs plus rien de ce fanatisme qui l'exaltait autrefois, quand il était dans la compagnie de Vautier. Les préoccupations de son ami lui devenaient étrangères. Il ne savait s'il avait surfait, dans son admiration, l'œuvre d'Armand ou s'il ne portait plus en son esprit la flamme intérieure qui l'éclairait naguère. Dans ses moments rares de lucidité, il estimait que l'art et la vie de Vautier devenaient plus âprement, plus passionnément spéculatifs, alors que lui-même se laissait chaque jour attirer davantage par ce qu'il y a d'engageant et de capiteux

dans l'abandon au plaisir et à l'émotion passagère. Il en résultait
que Pradelle, en face de son ami, éprouvait une certaine contrainte ; il n'avait plus les épanchements de naguère. Il revêtait
pour lui parler une personnalité nouvelle, personnalité d'emprunt,
faite en partie de ce qu'il avait été, en partie de ce qu'il représentait à l'esprit d'Armand.

Mais sitôt qu'il se retrouvait avec Constance, quelle libéra-
tion, quel soulagement ! Comme deux enfants en vacances, ils se
reconnaissaient à mille secrets, à mille sympathies voilées. Ils
avaient un commun besoin de vagabondage, de lumière, d'étourdissement. Les cordes trop tendues de leur être vibraient délicieusement, quand l'air seul les traversait, et non plus la voix trop
grave d'Armand. A jouer avec son ami, Constance apprenait
enfin combien lui pesait l'atmosphère raréfiée de son frère,
— raréfiée par la maladie, raréfiée par un goût trop violent des
choses abstraites. Le jardin leur appartenait, avec ses parfums
d'automne, tout alourdis par l'humidité des premières pluies,
avec ses couleurs délicates et maladives, avec ses perspectives
qui s'ouvraient sur des routes de montagne. Ils se poursuivaient
pour des fleurs, pour des insectes ciselés ; ils tombaient, riants
et rouges de soleil, essoufflés, sur un banc, sur une balustrade.
Ils s'amusaient de toute chose, des visages qui traversaient
les journées, de l'âne qui passe, de l'oiseau qui fuit. Et plus grandissait ce plaisir de l'instant, plus ils ressentaient, en rentrant
dans la chambre de Vautier, une atmosphère d'hypogée. Leur
santé, l'éclat de leurs yeux, ce je ne sais quoi d'aéré et de sain
qui colorait leur visage, irritait, malgré soi, le malade. Il s'échappait en sarcasmes, en boutades amères sur la vie même, sur ses
sentiments simplifiés, il faussait et dénaturait les choses les plus
pures, comme un aveugle déchirerait des estampes qu'il sait belles,
par impuissance à en jouir. Il flairait un nouveau danger autour
de lui, latent encore, sans avoir pressenti que l'arrivée de Pradelle
formerait, dans la vie de Constance, un point de bifurcation par
où elle échapperait à son influence !

Quand il sortait avec eux pour faire quelques pas dans le
jardin, il s'étonnait, sans le dire, que Constance et Hugues,
sitôt dehors, reprissent, lui semblait-il, le cours d'une vie diffé-

rente et qu'il ignorait, comme s'ils suivaient en même temps deux existences. Leurs rires, leurs extases devant des riens, ces accès de joie, ces bonds le choquaient, comme des manquements sérieux, des offenses à la mort qu'il sentait tout près de lui et dont il se servait, à son gré, pour imposer ses caprices. Au bout d'un moment, il les laissait, soit pour regagner la villa, soit pour rester seul.

Il s'asseyait d'habitude sur un coin de terrasse d'où l'on voyait la maison, toute blanche, auprès d'un bassin, dont le jet d'eau imitait les dattiers, qui laissaient, entre leurs bractées, pendre les flots d'or de leurs fruits. Il éprouvait l'amertume de la solitude et sa douceur sauvage. Déjà, il avait hâte que Pradelle repartît. Son intimité avec sa sœur était rompue par sa présence. Il se disait :

« Pauvre petite ! C'est une si charmante distraction pour elle ! »

Il se le disait, parce qu'il ne le pensait pas. Mais il avait une honte véritable à laisser monter en lui l'irritation, la jalousie qu'il découvrait dans son cœur, sans toutefois soulever le voile qui les lui cachait encore en partie.

Puis il revenait à petits pas, se retournant à chaque instant.

« Eh bien ! ne sont-ils donc pas de retour ? »

Et quand ils reparaissaient, enfin, rouges d'avoir couru, il glissait un doigt dans le cou de sa sœur, murmurait avec apitoiement :

— Tu as trop chaud, Constance ! Va mettre un plaid pour ne pas te refroidir !

Car il la traitait toujours en personne fragile et menacée, soit par terreur véritable qu'elle fût contaminée par lui, soit pour la maintenir dans un état de dépendance pusillanime à l'égard des innombrables libertés de la vie, de toutes les routes hasardeuses où peut s'aventurer une imagination sans contrainte.

De jour en jour, l'intimité grandissait entre Hugues et Constance. Elle s'était établie sur leur commune admiration d'Armand. A force de parler de lui, ils en vinrent vite à ne plus parler que d'eux-mêmes. C'est un fait appréciable que deux êtres qui sont attirés l'un par l'autre se découvrent un tel nombre de points

de ressemblance, alors que, si les circonstances les favorisent, ils
finissent par ne plus remarquer que leurs dissidences. Le plus
souvent, une sorte de flatterie inconsciente nous fait dire : « C'est
comme moi ! » à quelqu'un qui nous plaît et qui nous confie un
infime détail de son caractère. Ou bien, un subtil instinct de mi-
métisme nous pousse à nous modeler sur l'être que nous voulons
séduire et à nous créer des particularités pareilles aux siennes.

Ils en étaient à cette période de découvertes. Ils se cherchaient mutuellement, ne voyant en eux qu'oasis ombragées,
fraîches sources, fleurs qui s'ouvrent. Y a-t-il un plaisir plus
suave que de s'aventurer ainsi à travers la nature intime d'un
être qui commence à nous émouvoir et que nous imaginons
pareil à nous ? Nous ignorons alors qu'il a, comme Phœbé, sa
partie d'ombre qui reste obscure, menaçante, pleine de dangers
que nous connaîtrons plus tard. Il n'y a encore que lumières,
épanouissement, paix des rayons sur les longues vallées !

Ni Constance, ni Pradelle ne pouvaient imaginer que cette
période pût finir. Leur âge les mettait à l'abri du sentiment du
provisoire. Au leur, tout ce que l'on construit semble en marbre
et nargue la marée.

Octobre cependant coulait, comme une large nappe laiteuse,
d'une mollesse chargée d'oubli. Les journées se suspendaient,
dans leur transparence et dans leur pureté, au-dessus du préci-
pice qui guette toute perfection. Chacune, comme une belle
fille nue, disait en s'approchant : « Je suis la plus belle ! » Mais le
lendemain apportait la même parole de fête, et l'année multi-
pliait ses parures jusqu'à les fouler aux pieds.

Hugues et Constance rêvaient parfois dans les salles de
l'Alhambra, généralement désertes de visiteurs, et où rien ne les
ravissait à eux-mêmes qu'une beauté dont ils savaient que la
clef leur appartenait.

Ils s'assirent sur un banc d'*azulejos*.

— Quelle demeure ! dit Pradelle. J'aurais voulu y venir avec
Armand. Qu'en a-t-il dit ?

— Vous connaissez Armand. En quelque endroit qu'il soit,
il imagine qu'il devient le roi de ce qui l'entoure. Ici, il s'est
forgé toute une vie de sultan, il s'est vu Abencérage, il a couvert

d'eaux et de vergers ces pentes arides, il s'est demandé ce qu'il aurait pensé ici, au milieu de ses femmes et de sa paresse!

Ils regardaient les grandes fleurs décoratives, brodées sur le mur, à peine posées dans le stuc, et comme prêtes à se détacher de lui. Le plafond, creusé d'alvéoles, se bombait comme une ruche, avec ses saillies à bout carré dont la dorure semblait de miel. Tout le vieux palais paraissait orné seulement par l'imagination ; et dans les fenêtres doubles, à cintre rond, ouvertes sur l'espace, les rues blanches de Grenade prenaient figure de peintures délicatement jetées sur un voile d'azur. En ce lieu fait pour l'esprit, Constance et son ami sentaient la supériorité de Vautier. Lui seul était à son aise dans ce luxe chargé d'histoire. Le don de métamorphose dont il jouissait le faisait aisément l'égal de ceux qu'il ressuscitait.

— Je l'envie, dit sourdement Hugues. Il réduit tout ce qui l'entoure à n'être plus qu'un motif d'exalter sa rêverie créatrice. Moi, le monde extérieur m'écrase! Tout ce qui est beau me paraît insaisissable. Je souffre ici d'un malaise indicible.

Ils traversaient la salle des Ambassadeurs.

— Et cependant, je ne peux dire combien j'aime cette ville, et ce décor mauresque, et les heures que j'y passe...

Il se tut ; Constance leva la tête.

— Je suis déchiré à la pensée de m'en aller...

Constance rougit imperceptiblement; ses lèvres eurent un léger frémissement qu'elle réprima ; un frémissement qui fit peut-être le bruit de deux ailes de papillon qui se frôlent.

— Pourquoi vous en aller? murmura-t-elle, le cœur serré.

Il essaya de rire, et son rire sonnait faux.

— Mais, Constance, je ne peux demeurer toujours avec Armand et vous, quel que soit le plaisir que j'ai à le faire. Ma mère me réclame, mes travaux, une vie occupée ailleurs.

Et comme la figure de la jeune fille exprimait une moue enfantine, il ajouta :

— Croyez-vous que je pense à ce départ de gaieté de cœur? Armand est l'être que j'admire et que j'aime le plus au monde... Et puis, vivre avec vous dans un tel pays, c'est quelque chose d'unique! Je me demande comment je me réacclimaterai à mon existence habituelle, après avoir goûté à celle-ci...

— Alors, restez!

— Oui, demain, après-demain, certainement! Huit jours, trois semaines même! Mais après! Il me faudra bien rentrer à Paris.

— C'est vrai, dit-elle doucement, comme un écho.

Il eut aux lèvres je ne sais quelles fadeurs, quelle interrogation sentimentale. Mais il regarda Constance. Avec son visage fin et pensif, couleur d'ivoire uni, elle n'inspirait pas un grand désir de médiocrité. Son insistance était trop franche pour que l'on fît dévier la conversation en un marivaudage d'arrière-boutique. Il consentit à se taire.

En rentrant, comme chaque soir, ils allèrent voir Armand, déjà couché, et qui les attendait impatiemment. Il remarqua leur air soucieux, leur mélancolie.

— Eh bien! dit-il, avez-vous rencontré à l'Alhambra le fantôme d'un sultan? Vous a-t-on donné à garder une dynastie, une couronne?

Ils sourirent. Hugues tenta de plaisanter. Pour la première fois depuis son arrivée, il discernait la cause de son malaise et de son plaisir : il tourna la tête vers Constance, plus pâle. Déjà, il n'entreprenait plus rien sans désirer son acquiescement ou sans craindre son blâme.

V

CONSTANCE et Pradelle remontaient en voiture vers la villa, au retour d'une excursion dans l'Albaycin. Ils avaient assisté, dans leurs cavernes de plâtre, à la danse des gitanes, et, l'esprit brouillé par le manzanilla, ils revoyaient ces femmes lourdes tourner avec tant de grâce, et leurs gestes rapides et cadencés inscrire des arabesques voluptueuses sur les murs d'un blanc sale. Ils parlaient peu, tout à la stupeur de leur émotion, à la découverte des instincts sensuels et tristes que cette rauque musique, lente et saccadée, éveillait en eux.

— Armand a-t-il vu ce spectacle ? demanda Pradelle.

— Jamais ! Il ne soupçonne pas une telle beauté !

— Il faudra le conduire dans l'Albaycin.

— Difficile ! Vous savez qu'il refuse de plus en plus de s'intéresser aux choses extérieures.

— Il y a mieux ici que du pittoresque ; ces tangos, ces sévillanes, c'est un cours sur l'Espagne. On peut y apprendre de quels éléments elle s'est formée

— Je le sais bien. Mais nous croira-t-il ? Il objectera que

quelques couplets, quelques gestes ne lui enseigneront pas grand'chose.

Ils entrèrent dans le jardin de *las Delicias* et montèrent jusqu'à la villa. Le valet de chambre leur dit que Monsieur dormait, et ils s'installèrent dans le jardin, tout près de la pièce d'eau surélevée dont ils apercevaient le pont rustique.

— Le temps passe, passe terriblement vite, dit Hugues. Savez-vous depuis combien de jours je suis ici ?

— Je ne veux pas le savoir, ne me le dites pas.

— Il faut absolument que je songe à retourner à Paris.

— Vous n'avez pas fini d'examiner les manuscrits d'Armand.

— Oh! il en parle de moins en moins! Au fond, l'incident du paon lui a causé un malaise sur lequel il n'est jamais complètement revenu.

— Je crois que vous vous trompez, Hugues, mais il traverse en ce moment une période d'indifférence à son propre égard. Ses vers l'intéressent moins...

— Est-ce vraiment cela ?

Il la regarda avec doute, et comme elle ne répondait pas, il détourna la tête. Il songeait à la surprise qu'elle lui avait causée, le soir de son arrivée à Grenade. Maintenant que leur intimité à tous deux avait recommencé et qu'il s'était de nouveau habitué à elle, il n'en remarquait pas moins, fréquemment, des traits qui ne lui semblaient pas appartenir à son caractère, — du moins tel qu'il se l'imaginait. Elle était parfois plus désabusée qu'une jeune fille de son âge, — ou bien elle prononçait des paroles si raisonnables, elle faisait des réflexions d'une telle maturité d'esprit, qu'il en était choqué dans la foi qu'il conservait volontairement en sa puérilité. A plusieurs reprises, le soupçon du premier soir l'avait effleuré, mais, chaque fois, il lui semblait plus absurde. La solitude était si grande autour de Constance! Mais alors pourquoi avait-il, à tout instant, l'impression qu'elle se retirait dans une arrière-boutique d'elle-même où elle élevait un secret ?

— Ne reviendrez-vous pas à Paris, demanda-t-il, après un long silence.

— Armand se trouve très bien de vivre ici ; je ne crois pas qu'il veuille quitter Grenade.

— Il n'est pas possible, fit-il, avec un peu d'humeur, qu'il vous fasse vivre pendant des années dans un tel exil !

— Hélas ! dit-elle, des années !... Je le voudrais bien.

Ils se turent encore. La coupe au creux de laquelle reposait Grenade semblait bouillir au soleil, une vapeur d'or et de fumée en montait, qui se mêlait aux rayons déjà occidentaux et se fondait en brume plus légère au pied des collines. Autour d'eux, l'air de l'automne était lourd, doux, épicé. Tout avait une immobilité, un sommeil de pierre.

Il reprit, hésitant un peu :

— N'auriez-vous pas envie de changer d'existence ?

— Pourquoi faire ? Ne suis-je pas utile ?

— Je sais. L'utilité, c'est la poésie des femmes. Voilà encore un mot d'Armand ! L'animal ! Je ne peux pas penser par moi-même ! A tout moment, il me faut revenir à ses définitions, à ses maximes. Vous rappelez-vous ce qu'il a dit hier : « Le spectacle de la mort est, certes, cruel, mais c'est un spectacle. Nous ne concevons jamais la mort sous une autre forme que celle d'un spectacle ? » Il pense à tout. Sa manière de voir a quelque chose d'hallucinant pour moi.

— Pour moi aussi !

— Il faut lui échapper cependant, exister pour soi-même.

Et sautant d'une idée à l'autre :

— Constance, qu'y a-t-il de nouveau dans votre vie ?

— Rien. Pourquoi ?

— Si, si. Tenez, ce regard, vous ne l'aviez pas, il y a un an. Vos regards... Je ne sais pas exprimer cela. Ils avaient quelque chose d'élastique, de bondissant. On dirait aujourd'hui qu'ils traînent à terre.

Elle rougit ; l'expression de ses yeux se troubla davantage.

— On dirait que vous aimez quelqu'un.

— Quelle folie !

Elle recula comme s'il allait la toucher, il vit deux larmes au coin de ses paupières, et, soudain, il éprouva une appréhension mystérieuse, une paralysie de sa sensibilité, comme si la foudre venait de tomber sur un arbre voisin et qu'il attendît le coup de tonnerre.

Il la considéra, sa gorge oppressée battait. Elle remonta son corsage, comme si elle se trouvait trop décolletée. De fait, le regard de Pradelle s'était posé sur sa poitrine, dans la pointe qui laissait deviner le commencement d'un sillon.

Il murmura :

— Constance !

Elle se leva alors et se mit à courir vers la maison. Il essaya de la rejoindre, il la rattrapa et lui saisit le bras. Elle le retira brusquement :

— Laissez-moi ! Laissez-moi !

Il n'osa pas insister et revint vers le bassin. Il était pareil à un homme devant qui l'on vient d'abattre un mur et qui voit à sa place un paysage unique, des architectures d'or et de feu. Quelque chose montait en lui, comme un embrasement, comme le cri de joie de toutes ses fibres exaltées. Son tumulte physique était tel qu'il ne pouvait entendre ses pensées. Il avait envie de pleurer et de rire, il lui semblait qu'un lait tiède coulait dans ses veines, qu'il se dissolvait à la seule pensée de revoir Constance ou de mettre un baiser sur ses doigts. Il n'osait pas enfermer son bonheur dans une formule. Tout lui semblait entouré d'un doute charmant, et ce doute était pareil à un voile riant, qui faisait plus belle une certitude invisible. Lui-même se sentait depuis longtemps en route vers cette révélation-là, son admiration pour Vautier devenait plus claire à ses yeux, plus profonde, plus nécessaire aussi. Cet oiseau de Paradis volait donc dans la forêt, si haut qu'on ne distinguait pas son flot d'or ? Il en était ébloui !

La marche ne calmait pas sa frénésie. Il lui fallait revoir Constance. Il revint sur ses pas et gagna la maison. Aucun bruit. Il alla frapper à la porte de la jeune fille. Il l'entendit faire un bond et tourner la clef dans la serrure. Il était entré vingt fois avec elle dans cette chambre dont elle lui verrouillait la porte au nez. Il l'appela. Il l'entendit balbutier :

— Attendez-moi en bas, dehors. Je redescends.

Il se promena de long en large sur la terrasse. Son impatience était telle qu'elle l'oppressait. Il eût donné toute sa vie, son avenir, pour qu'elle apparût tout de suite à ses yeux, et cependant, quand il la revit, extrêmement pâle et le teint presque terreux, il fut soudain intimidé :

— Pourquoi ne m'avez-vous pas reçu là-haut ?

Elle leva sur lui un regard soumis qui ne ressemblait en rien à son expression révoltée et sauvage de tout à l'heure.

— Je ne sais pas, murmura-t-elle.

Ils vinrent tout au bord de la terrasse et regardèrent, comme au premier soir, Grenade étalée dans sa gloire et dans sa transparence. Tout était blanc et scintillait, et l'on voyait se tordre au soleil le beau Xenil dans son fourreau d'écailles.

Frémissant, le pouls battant, la fièvre aux joues, Hugues dit à la jeune fille :

— Si je me suis trompé, Constance, si j'ai cru voir en vous quelque chose qui n'y est pas, dites-le-moi. Ne me torturez pas plus longtemps... Si vous ne pouvez pas tout pour vous, si vous ne voulez pas disposer de ma vie, je vous en prie, détournez la tête et retirez-vous. J'aurai compris et je m'en irai, vous ne me reverrez pas !

Son émotion était telle que, seuls, les grands mots, lui semblait-il, ne la trahiraient pas. Il attendait l'arrêt en tremblant, avec cette rapidité incroyable de la passion, qui fait tenir des années dans des secondes et crée en quelques heures des situations qui ne semblent pas avoir eu de commencement. Etait-il possible qu'il fût la cause de ce changement, de cette maturité, qui l'avaient frappé dès le premier soir ? Sa vanité en ressentait autant de joie que sa sensuelle tendresse. Mais Constance, au lieu de se détourner, vint à Pradelle et lui tendit la main.

— Je crois, Hugues, que vous ne vous trompiez pas...

Il la porta à ses lèvres, et il aurait voulu tomber devant elle, baiser ses pieds, le bas de sa robe. Il balbutiait absurdement, sans savoir ce qu'il disait :

— Merci, Constance, merci, merci...

Mais ils entendirent s'ouvrir la porte de la maison. Mlle Vautier s'écarta brusquement.

— Chut ! C'est Armand...

En effet, Vautier se dirigeait vers eux et, ne se doutant de rien, prenant le bras de l'un et de l'autre, il les invita à se promener avec lui.

Au dîner, il fut très éloquent. Je ne sais quoi, une fleur caressée au passage, un rayon, ou son travail, lui avait échauffé l'esprit et il parlait d'abondance, en regardant Hugues et sa sœur.

— Qu'as-tu, Constance, ce soir? Tu es extrêmement brillante et animée. J'aime te voir ainsi. J'ai peur parfois que ta jeunesse ne s'étiole à côté de moi. Vous m'avez dit, l'autre jour, Hugues, que je n'aimais plus la vie. Vous vous trompiez, car j'aime la jeunesse plus que tout. La jeunesse ou la vieillesse. L'invention absolue ou la science absolue, la magie qui transfigure le monde dans ses vapeurs, ou la chimie qui le cristallise dans ses alambics. Mais c'est la jeunesse qui est la plus belle. Tous les hommes ont une odeur de cimetière. Il y a trop de morts en eux. Ils sont empoisonnés. Mais un être jeune, absolument jeune, que c'est beau! Je voudrais que l'on créât des sociétés pour venir en aide à la jeunesse, des ligues pour la protéger. Pourquoi la laisse-t-on comme Tantale s'épuiser de désirs? Je ris quand j'entends parler un homme mûr, quand j'écoute les avis de sa sage et triste expérience, quand il me distille sa prudence, son scepticisme, ses calculs! Regardez Constance, Hugues! Est-ce qu'on ne dirait pas une belle vague qui déferle vers une côte? Elle est droite, fière, écumante comme Thétis, regardez, regardez l'éclat de ses yeux! Elle ignore le mensonge, la crainte, la perfidie, une belle vague, vous dis-je!

— Tais-toi, Armand, cria Constance, en se cachant le visage derrière sa serviette. Epargne-moi!

Rougissant comme un enfant, Pradelle n'osait plus envisager celle sur qui on l'invitait à jeter les yeux.

Déjà, Vautier faisait un retour sur soi-même.

— Oui, j'aime la jeunesse, comme un bien perdu, comme un bien dont je n'ai jamais joui. J'ai toujours été une momie, et je passerai de la bibliothèque à l'hypogée...

Personne ne répondit. Armand, curieux, examina sa sœur et son ami. Il vit à Constance un regard nouveau, un regard qui n'avait plus d'action, de volonté personnelle, mais quelque chose d'extasié, de vide, d'extraordinairement passif. Un long frisson glacé le traversa soudain ; la vérité venait de le frapper aux yeux, et il mesura d'un seul coup, en une seconde, toute sa solitude prochaine!

VI

LA nuit fut pour Constance un long délire.

La présence de l'amour ne lui apportait aucun apaisement, mais une surexcitation joyeuse et qui ne se résolvait pas en formules. C'était comme une suite d'ondes rythmiques qui venaient, l'une après l'autre, et la soulevaient, lui semblait-il, hors d'elle-même. Cet état, plus aigu que le bonheur, l'inquiétait presque par son intensité. Elle eût souhaité pouvoir s'abandonner au repos, mais il y avait en elle une force dévorante qui la brisait et l'épuisait délicieusement, elle éprouvait le vertige que donne une haute route au bord d'un abîme de fleurs. Aucune idée, aucun espoir précis ne se dégageait de ce chaos, mais quelques mots, les plus simples, le nom de Hugues, déchaînaient en elle des effusions presque mystiques. Jamais elle n'avait à ce point senti combien elle était passive ; en avouant son amour à Pradelle, elle avait, pour ainsi dire, libéré son cœur de sa propre autorité, elle ne voulait rien, elle ne désirait rien. Elle attendait, dans une confusion suave, ce qu'il voudrait, ce qu'il désirerait pour elle. Il était comme Dieu ; il savait mieux qu'elle ce qui était nécessaire à sa vie, nécessaire à sa joie ; elle allait lui remettre le souci de sa destinée, et cette remise avait à ses yeux un caractère presque religieux : c'était la première action d'un sacrement. Elle livrerait à Pradelle tout ce qui la rendait lourde, encombrée, tout ce qui la chargeait de soucis, d'intuitions, de craintes, et, d'un mot magique, il la ferait légère, dansante, aérienne, alouette dans le matin clair, qui suit son cri vers le soleil.

Quand la première lueur de l'aube blanchit le cadre des fenêtres, elle dormit une heure ou deux. Peu après, un grand tapage l'éveilla. Elle courut à son balcon.

Toute la forêt de Grenade chantait.

Constance avait un si grand besoin de manifester le surplus d'émotions qui bouillonnait en elle qu'elle ne put s'empêcher d'aller trouver Armand, bien que sa matinée fût consacrée au repos. Mais la dernière personne à laquelle elle eût recouru en ce moment était Hugues Pradelle.

Vautier somnolait sur sa chaise longue, à demi enfoui sous de chaudes couvertures, d'où émergeait son visage maigre au grand nez et aux yeux caves. Il appliquait tous ses soins à bien respirer. Constance lui trouva mauvaise mine ; elle ne pouvait soupçonner de quelles désolantes pensées sa nuit avait été assombrie, ni combien, en se dérobant à ses yeux, elle laissait grandir à sa place l'ombre muette de la mort.

— Tu viens me faire une visite, petite fille ? murmura-t-il, doucement. Comme c'est gentil à toi ! Installe-toi à mes côtés.

Et comme Constance s'asseyait sur un fauteuil bas, tout contre lui, il sortit des couvertures une main longue et osseuse, d'une blancheur sans vie, et qui enveloppa celle de sa sœur. Constance souffrit de la sentir si fiévreuse. Elle était en ce moment toute tendresse, indulgence, apitoiement. Il lui semblait s'incliner vers la vie universelle, comme un lis trop flexible et qui a son pollen à verser.

Armand la considérait avec une tristesse si poignante que, malgré la brume dorée que son ivresse heureuse diffusait autour d'elle, Constance s'en aperçut.

— Pourquoi me regardes-tu ainsi ? Qu'as-tu ?

— J'ai pensé à toi, toute cette nuit ! Que feras-tu, Constance, quand je ne serai plus là ?

— Il ne faut pas y penser, Armand. Tu vivras longtemps, longtemps... Qui sait d'ailleurs si ce n'est pas moi qui partirai la première ?

— C'est peu vraisemblable, répondit Vautier, avec un mélancolique sourire. D'ailleurs, ne faut-il pas avoir la sagesse de prévoir ? Il m'en coûte de te laisser seule au monde.

Constance eut un léger tressaillement. Elle ne pouvait supposer qu'Armand eût un soupçon quelconque de ses sentiments, qu'elle était bien sûre d'avoir toujours tenus cachés, mais ces paroles lui donnaient cependant une grande espérance. Son frère avait-il attiré Hugues à Grenade pour elle plutôt que pour lui ? Peut-être se fût-elle abandonnée à cette joie, si Vautier n'avait eu dans la voix, en continuant, quelque chose de si insidieux qu'elle en éprouva de la méfiance, bien que ce sentiment lui fût peu familier.

— Ne serais-tu pas heureuse d'avoir une famille à ton tour, de fonder un foyer ?

Armand rusait trop, l'emploi de telles expressions dans sa bouche était si peu usuel que Constance se gara, comme en face de l'ironie.

— J'ai une famille, dit-elle, j'ai un foyer : toi !

Le cercle se refermait ; la conversation retombait au même point. Elle ne pouvait se prolonger que par d'hypocrites lamentations mutuelles sur la fin proche de Vautier. Armand prit une échappatoire et invoqua sa toquade perpétuelle : la liberté de sa sœur. Ne regretterait-elle pas plus tard de n'avoir pas donné à sa jeunesse une plus grande expansion, d'avoir été l'Iphigénie d'une flotte ensablée pour toujours ? La vie était si riche, si variée, si complexe ! Cette existence de recluse la privait de bien des possibilités.

Il se penchait vers elle, plus secrètement tentateur.

— Et puis, un jour, Constance, le dieu parlera ! Ce jour-là, ton pauvre frère pèsera dans ta vie autant qu'un fétu de paille ! Quand tu verras sa torche et que tu sentiras sur tes joues la brise d'Amathonte... Ah ! quelle danse !

— Le dieu aura beau parler, je t'entendrai toujours !

— On le croit ! Tu ignores l'art de sa langue dorée.

— L'as-tu écoutée souvent ?

Elle avait ouï chuchoter une douloureuse histoire, survenue entre Armand et une Florentine, rencontrée à Sils-Maria, peu avant sa sortie de couvent. Elle n'avait jamais osé en parler ouvertement à son frère, mais ce jour-là, tout ce qui touchait à l'amour lui semblait si neuf, si essentiel, si impérieux qu'elle ne pouvait taire sa curiosité.

Le visage d'Armand, à cette question, devint sévère et dur, ses sourcils se froncèrent, et un sourire amer tira sa bouche, d'un seul côté.

— Qui n'a pas subi ses enchantements ? Moi aussi, j'ai connu Mélusine. J'ai joué avec elle sans savoir ce qu'il en coûte à un enfant de croire à l'absolu. J'ai plus appris en six mois que dans quelques centaines de volumes. Il ne faut rien exagérer, ajouta-t-il avec fierté. Les hommes ont tenu pendant cent ans à se croire les victimes de ces magiciennes bourgeoises, dont le chaudron n'est plus souvent qu'une marmite. Je n'ai pas songé au suicide, mais j'ai reçu une grande leçon de relatif. Si j'avais été scorpion, mon sort eût été moins enviable encore... Mais laissons ces souvenirs indifférents...

Il souligna ce dernier mot, ce qui donna à penser à Constance qu'ils l'étaient moins qu'il ne l'affirmait.

— Revenons à toi, Constance. Il me semble que tu te méfies, que tu n'as pas en moi toute la confiance que tu devrais avoir. Je ne songe pourtant qu'à ton bonheur.

— Je le sais, Armand.

Elle hochait doucement la tête, mais elle ne livrait pas son secret. Armand finissait par se demander s'il ne commettait pas une erreur. Il lui fallait pourtant savoir la vérité ; il eût été redoutable, dans la solitude où vivait Constance, de parer d'un personnage nouveau la figure de Hugues Pradelle. Par quelle aberration singulière n'avait-il pas prévu toute cette histoire, en appelant son ami à Grenade ? Il est vrai qu'alors, il ne prévoyait pas un si complet rebondissement de ses forces vitales.

Le mutisme de Constance l'irritait de plus en plus, il finit par ne plus se contenir.

— Petite fille, fit-il, je te jure que tu peux me parler franchement! Quand tu aimeras quelqu'un, tu l'épouseras! Je te sais trop sage, en effet, pour faire un choix absurde. Tout ce que je te demande, c'est de ne pas être dissimulée avec moi et de m'en faire la confidence...

Cette fois, la jeune fille rougit si fort que le cœur d'Armand se serra et qu'il songea plaintivement : « Allons, je ne me suis point trompé! »

— Quoi! dit-il tout haut, feignant l'étonnement, tu te troubles? Ah! mon Dieu, l'heure serait-elle déjà venue? Et moi qui parlais étourdiment! Je te demande pardon, ma petite Constance, je ne savais pas la place aussi sensible. Eh bien, maintenant, tu vois, le principal est fait! Allons, qui est-ce? Hugues, je pense...

Constance se leva d'un bond et courut en pleurant s'abattre dans les bras de Vautier.

— Je l'aime à la folie, murmura-t-elle, au milieu de ses larmes.

Le même frisson mortel qui, la veille, traversa Armand, le même froid de sépulcre glissa en lui. « Il faut aviser, pensait-il, tout frémissant, mais comment faire? »

— Je suis bien content, disait-il, tout haut. Et Hugues le sait-il?

— Il m'aime aussi. Il me l'a avoué hier!

— Eh bien, Constance, tout ce que je te demande, c'est de ne pas raconter encore à Hugues que je suis au courant de votre secret. Cela le gênerait inutilement. Au surplus, — et sa voix décela ici un peu d'humeur, — jusqu'à ce que cette histoire prenne un caractère officiel, j'aime autant retarder l'époque sentimentale où il me faudra jouer au beau-frère!

— Tu n'es pas fâché de ce que je t'ai dit, Armand? Ni de mon silence, ni de mon amour? Vois-tu, je n'aurais jamais osé t'en parler la première! Les mots ne seraient pas sortis de ma gorge.

Pour toute réponse, il l'embrassa :

— Va jouer avec ton ami, dit-il, doucement.

Seul, il s'enfonça sous les couvertures, frileusement. Son meilleur ami, déjà, lui devenait odieux. « Ce n'est pas un mari tel que je le souhaitais à Constance ! » Trop perspicace cependant pour ne pas corriger sa pensée, il ajoutait : « N'aurais-je pas, de tout autre, dit la même chose ?... Trop jeune, cependant, beaucoup trop jeune ! Une tête à l'évent ! Je le connais : brillant et superficiel. Un amateur de verroteries ! »

La fièvre montait. Sa poitrine oppressée lui faisait mal. « J'en ai pour si peu de temps ! Est-ce l'impatience de l'amour qui égare à ce point Constance ? Quelques mois à peine lui auraient rendu la liberté ! Les meilleures et les pires se ressemblent : elles brament après le ténor, après le troubadour avantageux, qui a son air d'opéra à dégorger, tel, sa pêche, le pélican ! » Il essaya cependant de se représenter, comme un acte inspiré par la raison, le mariage de Constance ; il supputa les chances de bonheur que promettait le caractère de Pradelle. Mais si lucide que l'on soit, on ne l'est guère contre son intérêt : « Elle l'aime ! La belle excuse à toutes les sottises ! Il s'agit d'un caprice d'enfant. Le premier venu devait faire éclore une fleur trop longtemps repliée. Quelle jeune fille n'a pas cru son destin fixé vingt fois en attendant que l'heure véritable ne sonne ? Avant que cet engagement ne soit définitif, il faut du moins s'assurer s'il est véritable... — Et moi ? » Le monologue d'Armand ici se troubla, s'interrompit. Il vit la maison quasiment vide, lui-même escorté de mercenaires, et pour entendre les inflexions d'une voix humaine, portant intérêt aux soucis professionnels de son médecin, aux rancunes de sa garde-malade. « Plutôt la mort qu'un tel supplice ! reprenait-il. Vais-je me cramponner à un sort pareil, implorer la pitié de Pradelle ? » Et dans un frisson sinistre, la plainte de toute sa vie montait, avec un gémissement : « Personne ne m'a aimé qu'elle seule ! Je n'ai rien su de la tendresse que ce qu'elle m'en a donné. Vais-je perdre, par la faute de ce bellâtre, toute ma part, ma pauvre part, de l'humaine communion, vais-je retomber dans cette solitude affreuse dont j'ai tant souffert ? Ah ! misère, qui m'aimera, qui m'aimera ? » Après quoi, sa pensée, ayant envisagé les tourments essentiels, s'éparpillait en craintes puériles. Car le malheur lui-même, à nos yeux, ne sait pas conserver sa grandeur. Constance mariée, Armand ne supposait point qu'il pût encore travailler. Comme chez tous les malades, le dérèglement de ses habitudes équivalait pour lui à une catastrophe. « Je n'aurai pas fini *Moïse,* ni recommencé le *Paon,* que j'ai peut-être détruit sans motif. Il n'ira jamais rejoindre ses frères : l'*Albatros,* le *Cygne...* »

Dans son ressentiment contre Hugues, il s'en voulait de sa confiance en lui, trouvait à ses vers déchirés de rétrospectives beautés. « Je le croyais mon égal, songeait-il, avec amertume. A-t-on un égal quand on a autant souffert que moi ? D'où serait venu à cet enfant le pouvoir de me comprendre ? J'ai mûri, grands dieux! et lui, sur sa pauvre branche, n'est encore qu'un petit abricot, vert et dur, qui a besoin d'un fameux soleil pour s'imbiber de pourpre! Au fond, ne serait-ce pas cette sécheresse qui attire confusément Constance ? Elle se croit la lumière dans laquelle il s'épanouira. L'aiguillon de sa chair est moins sensible aux femmes que les hochets de la vanité. Quoi qu'il en soit, le dieu obscur tressaille, et Constance prend pour de clairs oracles ses grondements sourds! Sauvons-la, coûte que coûte! Plus tard, si elle résiste à l'épreuve... » Plus tard ? Il sourit misérablement. « Aujourd'hui, il faut que je lui fournisse les moyens de se mieux connaître, de choisir à bon escient. » Et il répétait tout bas : « Il faut aviser, il faut aviser, mais comment ? »

VII

Dès lors, Armand joua son jeu.

Il ne fut plus question pour lui d'art, ni de littérature. L'homme d'imagination se transforma en moraliste.

Les beaux sentiments devinrent le champ d'horoscopes où il exerçait sa divination. Il les expliquait, il les commentait sans fin, exposant de sublimes lieux communs sur le sacrifice et le dévouement. Il sous-entendait toujours qu'il les connaissait par expérience personnelle, comme le médecin guéri, qui s'enduit l'arrière-gorge d'une bonne essence de pneumocoques, de streptocoques et de microbes filtrants, pour savoir si les rechutes du mal sont possibles. Il ne cachait pas que l'esprit d'immolation offre autant de dangers que ce badigeonnage suspect, l'un et l'autre ne tendant à rien moins qu'à la suppression du patient. Il portait d'ailleurs aussi allègrement que possible les instruments de son supplice et faisait face à l'adversité. L'appétit du martyre brûlait en lui. Il évoquait d'avance la perspective de longues périodes de souffrances à supporter seul, le courage qu'il faut à l'âme pour affronter l'abandon, le détachement, l'agonie. Il usait du mode indirect, afin que ses paroles, passant par-dessus la tête de Pradelle, atteignissent Constance.

Elle en était impressionnée. Son amour pour Hugues, son mariage, lui semblaient jusqu'ici choses toutes simples, et voici qu'ils lui apparaissaient tout à coup sous le jour redoutable de problèmes. Elle avait fait ce rêve d'une existence à trois, qui perpétuerait l'agrément de leur réunion actuelle, Armand, pour le soigner, ayant deux personnes au lieu d'une.

Elle voulut s'expliquer là-dessus et, seule avec son frère, lui demanda de fournir des notes à ses commentaires.

— Quels commentaires ?

— En mettant au-dessus de tout l'esprit de sacrifice, Armand, penses-tu à toi ?

— Mais non, ma chérie ! Je t'assure que ce n'est pas une telle immolation que de te quitter ! D'ailleurs, ne serai-je pas heureux de le faire pour ton bonheur ?

— Il n'est pas question de nous séparer !

— Il le faudra pourtant, ma mignonne ! Un jeune ménage a besoin de solitude, surtout dans les premières années de vie commune, et quand celles-ci seront écoulées, je ne serai plus là pour vous encombrer.

— Nous encombrer, Armand !

— Oh ! Constance, j'ai prononcé ce mot sans mauvaise intention ! Comprends bien ma pensée ; il n'y a en moi ni regrets, ni amertume ! Il est juste que tu te maries, sage que tu épouses Hugues. C'est à ton intérêt seul que je songe. Eh bien ! dans cet intérêt même, il importe que vous soyez entièrement l'un à l'autre. Pense-donc, s'il en était autrement, il faudrait que vous préleviez sur ce fonds de tendresse commune une part considérable pour le malade, l'isolé. Je finirais par vous être à charge : c'est fatal ! Même la pauvre visite quotidienne que l'on fait au moribond prend sa couleur véritable : une corvée !

— Mais nous ne te quitterons pas !

— Oh ! Constance, ne nourris pas de vaines illusions. Hugues est trop jeune pour consentir à une telle existence et, moi-même, je ne le voudrais pas ! Non, non, l'air libre, le bel espace au couple qui entre dans l'amour ! Laissons au vieux hibou qui sait trop de choses, au misanthrope sagace, le tronc d'arbre où il doit mourir en paix! Au surplus, t'en doutes-tu? Hugues et moi, nous nous éloignons lentement l'un de l'autre, il me supporte mal et, moi-même, il m'agace parfois. Nous avons changé tous les deux, il est à l'âge où la vie vous grise, et moi, où l'on décante son vin, minutieusement. Nous nous heurterions souvent.

— Je ne dois pas t'abandonner.

— Pourquoi, Constance, je ne suis pas un infirme? Tu es belle, jeune et saine. Laisse-moi. Je m'efface joyeusement, je t'assure, devant ton bonheur. C'est si beau, la réussite, la pléni-tude! Et surtout, plus tard, pas de remords! Ne te dis pas : « J'au-rais pu demeurer avec lui pendant les dernières années qu'il a passées sur cette terre! » Non, mon amour, écarte ces choses-là de ta pensée. On est si faible, tu sais, on les rumine souvent quand on a laissé sous terre ceux que l'on aimait. Sois forte alors, Cons-tance, accepte fièrement la responsabilité de tes actes. Rappelle-toi que je t'ai conseillé moi-même d'accomplir ta destinée sans tour-ner, comme la femme de Loth, la tête vers ce qui n'est plus. De loin, dans ma solitude, je me dirai : « Elle est heureuse! » et cela me suffira. D'ailleurs, je ne veux pas attenter à ta liberté!

Constance se retira, troublée par ces paroles. Mille pensées confuses s'agitaient en elle. Les grands spectres brandis par les hommes des cloîtres et ressuscités par l'art magique de Vautier. Devoir, Sacrifice, surgissaient devant elle, tous farouches, mena-çants, agitant des lois, des règles, des usages millénaires, des lambeaux d'antiques théogonies dissoutes.

« Je ne pense qu'à moi, disait l'enfant, je suis une égoïste! »

Pour lutter contre ces ombres terribles, elle n'avait que son pauvre amour éclos du matin, sa frêle aspiration personnelle à l'harmonie du monde. Rien, en somme, si l'on songeait aux vieilles puissances en jeu.

Lui faudrait-il, pour saisir son bonheur, attendre que Vautier fût mort? Spéculer sur cette catastrophe lui semblait un atten-tat monstrueux à ce frère même, elle eût mieux aimé renoncer à tout avenir que de s'abandonner à de tels calculs.

Elle se débattit plusieurs jours au milieu de ce trouble ; les insomnies la pâlirent, l'épuisèrent. Elle échouait sur un conflit redoutable au moment même où elle n'avait, croyait-elle,

qu'à suivre la plus douce dérive. De maladroites paroles de Pradelle achevèrent de l'angoisser. Comme elle faisait des projets
avec lui, elle dit que son frère les aiderait en mille choses.

Là-dessus, Pradelle, qui s'écrie :

— Hélas! Constance, je ne crois pas que nous puissions, à
l'avenir, vivre avec Armand. Il ne faut pas oublier qu'il est
malade, gravement malade. Si nous avons des enfants, nous serons
bien forcés de leur faire respirer un air plus pur que celui de sa
maison. Pour vous-même, enfin, il est grand temps que vous
preniez des précautions. Votre frère, qui est si intelligent et si
bon, comprendra ces raisons mieux que personne. Votre santé
l'inquiète déjà tant!

— Mais, Armand, que deviendra-t-il tout seul?

— Oh! il ne sera pas seul! Nous viendrons le voir de temps
en temps, passer quelques jours avec lui! Une infirmière pourra
très bien vous remplacer. Il sera même plus à son aise avec une
garde-malade qu'avec vous! Vous êtes, certes, d'un dévouement
admirable, mais la bonté la plus sublime a des bornes, vous vous
anémieriez à la longue!

Ainsi, de part et d'autre, la question ne laissait aucun doute,
se marier, c'était abandonner Armand, — et pour toujours! A
bout de forces, Constance invoqua sa conscience.

Tremblante, elle se présenta devant cette vieille Sibylle,
toute rôtie au feu des bûchers héréditaires, qui avaient déjà
servi à faire des autodafés de tant de fleurs à peine écloses. Cette
sorcière en savait long sur l'art de détruire les aspirations personnelles et de fondre les humains dans un moule uniforme, objet
de la ferveur unanime des siècles. Elle ne connaissait qu'une
méthode : contrecarrer l'individu. Elle aimait aussi l'esprit d'immolation, mais elle s'en faisait une autre idée que Vautier. Elle ne
tergiversa pas, elle imposa durement son avis à Constance, qui
devait rompre avec Hugues et se consacrer à son frère.

La désolation suivit cette entrevue dans la caverne d'Endor.
La grêle s'abattit sur le jeune verger fleuri, et Constance, en
larmes, regardait cette fraîche moisson joncher le sol. Avenir doux
et riant, joie de s'avancer dans la vie, la main par une autre
pressée, société, tendresse, arche d'une confiance mutuelle,

et vous, têtes d'enfants, images multipliées de soi-même, que l'on
caresse avec gratitude et qui êtes comme la rose greffée, riche de
tout un inconnu, vous disparaissiez déjà, emportés par la tour-
mente. Quoi, aucun espoir ne demeurerait ? Il faudrait tout abandonner, ne pas mettre à l'abri un seul bonheur, une seule conso-
lation, subir le sort le plus cruel, le plus austère et, après la mort
d'Armand, demeurer inutile, — jusqu'à la fin !

Ici, cependant, intervenaient des promesses d'avenir, indé-
cises, mais réconfortantes. La conscience serait satisfaite un jour,
elle accepterait de se taire ; et sans remords, Constance pourrait,
avec Hugues, tisser une existence amoureuse. Cette vague
issue sur le futur lui facilitait l'heure présente.

Elle ne formulait plus comme naguère qu'une vie nouvelle
renaîtrait sur les cendres de Vautier.

Non, l'esprit de ruse intérieure procédait par suggestions
plus nuancées : il ne s'agissait plus que d'une récompense bien
gagnée, offerte un jour à Constance, mystérieusement, par
hommage du devoir accompli.

Cependant, elle n'avait pris encore aucune décision.

A ce moment, comme par un fait exprès, Armand, en vue de
sa mort, donna, à fréquentes reprises, des instructions variées,
tantôt à Hugues et tantôt à Constance. Il ne manquait jamais
d'ajouter :

— Si je dois mourir seul, il est bon que vous soyez informés
de ces détails !

Ces paroles, chaque fois, impressionnaient douloureusement
Constance. De plus, Armand la fuyait. Quand, le soir elle entrait
dans sa chambre, il affectait de dormir. Le jour, il s'y enfermait,
refusant de recevoir qui que ce fût. Constance lui reprocha cette
fuite perpétuelle, il eut un sourire à la fois contraint et résigné :

— Il faut bien que je m'habitue à me passer de toi !

En l'entendant parler ainsi, Constance montait pleurer chez
elle. Plus que jamais, elle sentait peser le poids formidable des
siècles. Et cependant, l'idée de perdre Hugues lui faisait mal.

« Je l'aime, se disait-elle, c'est un fait, c'est une réalité.
Je ne peux pas me séparer de cet amour. Comment vivrais-je
sans voir se lever sur moi ce regard qui fait passer dans mon

cœur un flot brûlant, sans attendre Hugues, sans entendre
cette voix, qui est comme un moi-même plus profond qui par-
lerait ! Dieu ne pourrait pas vouloir une chose pareille, ou bien la
Justice serait une folle échappée d'un asile et la Bonté étoufferait
les petits enfants dans leurs berceaux : ce monde ne serait plus
le monde, on serait revenu au chaos primitif... Ne plus voir
Hugues !... Ne pas avoir devant soi cette longue perspective de
sécurité, où l'on se dit que rien, rien jamais, ne vous séparera...

Elle était jeune fille ; la vie se découpait à ses yeux en scènes
de genre, dans le style sentimental. Il s'agissait toujours d'un
magnifique spectacle naturel auquel on assistait, la tête posée sur
l'épaule de Pradelle. Alors seulement le clair de lune prenait
tout son sens de clair de lune, la mer, sa beauté élémentaire, une
vallée alpestre, avec son lac au fond, sa poésie éternelle. Sinon,
un clair de lune, la mer, la vallée demeuraient des promesses,
l'offre d'une chose qui serait très belle, si les circonstances lui
donnaient sa signification. Pourtant, elle sentait aussi que l'amour
est une immense aspiration, au bout de laquelle on tombe, mer-
veilleusement dissoute et toute soumise à une volonté supérieure.
Ce qui augmentait son désarroi, c'était le stoïcisme d'Armand.
Il acceptait son sort, avec la sérénité du Spartiate qui se laisse
manger le ventre par un renard, et se comparait sans doute à
Prométhée, pour élargir son rôle. Pas un mot de regret, pas une
récrimination n'avait jailli de ses lèvres. Malgré elle, Constance
comparait cette grandeur d'âme à l'égoïsme de Pradelle qui, sans
être même fiancé, réclamait impérieusement la personnalité de
Constance et parlait de rejeter Vautier au passé, aux coulisses,
comme un figurant dont le personnage, n'est plus de mise ;
mais elle le défendait aussitôt par d'ardentes apologies, invoquant
sa jeunesse et la force de sa passion. Armand, lui, depuis tant
d'années qu'il souffrait, s'était, certes, habitué au détachement !

Il arriva cependant qu'un soir, Vautier laissa échapper une
plainte si angoissée qu'elle acheva de paralyser Constance.

Il pleuvait depuis trois jours, une de ces pluies méridionales
qui vous isolent dans un véritable tissu de rayures courantes.
Malgré le feu, la maison avait quelque chose de collant, de moisi,
d'humide. Hugues, maussade, travaillait dans sa chambre, ne

paraissait guère qu'aux heures des repas ; Armand paraissait prostré.

A la fin du troisième jour, la pluie cessa et fut remplacée par une sorte de poussière d'eau, toute bleue, une mousseline impalpable, qui s'épaississait peu à peu, déjà doublée par la nuit.

Assis dans son fauteuil, devant la fenêtre, Armand, pâle, les pommettes en feu, regardait ce long crépuscule de novembre, angoissant et presque funèbre. Eut-il ici une suprême habileté, ou plutôt, se croyant perdu sans appel, laissa-t-il sourdre le cri de terreur de son âme obsédée ? Quoi qu'il en fût, il cria d'une voix troublée :

— Constance !

Elle vint à lui et lui mit la main sur l'épaule.

— Je suis là, Armand, que veux-tu ?

Il lui saisit le poignet, et il murmura, presque honteusement :

— Constance, je t'en conjure ! Ne me laisse pas mourir seul !

VIII

PENDANT plusieurs jours, Armand, Hugues et Constance s'efforcèrent de créer une sorte de zone neutre, dans laquelle on n'égarait aucun mot au hasard ; toutes les phrases y étaient prudemment jetées, comme des pierres dans un marais, pour savoir s'il offre quelque danger d'enlisement. Chacun travaillait à donner de soi-même l'idée la plus propre à ne pas choquer autrui, — mais aussi la plus arbitraire.

Certain soir, cependant, la discussion que l'on refusait d'admettre éclata brusquement, à la suite d'une conversation sur les amis de Hugues. Dans le portrait que celui-ci traçait de chacun d'eux, Armand voyait se dessiner des traits moraux qui l'irritaient, qui étaient comme un désaveu de son influence et de ses convictions.

— Il me semble, en somme, dit-il, que vous cherchez une autre voie que nous.

— Pas précisément, fit Hugues, en hésitant. Je crois... Je crois que la vie se retire peu à peu de l'art et que, par conséquent, tel que nos maîtres l'ont aimé, c'est une chose qui se meurt...

— Le ressusciterez-vous ?

— Ce n'est pas sûr qu'il soit essentiel. L'essentiel, c'est la vie. La représentation quelconque d'une forme en mouvement, même spontanée, a plus d'intérêt peut-être que la recherche d'un style, d'une vérité classique. Je crois que cette représentation aura toujours un caractère voluptueux et païen, qui manque aux œuvres d'origine purement intellectuelle.

— Laissons les païens, dit Armand, avec nervosité. Ce que vous appelez l'art païen est le pire dévergondage alexandrin. Le grand art grec est le moins voluptueux de tous. Je veux dire le plus austère dans sa recherche religieuse. Il me semble que vous désirez surtout une transcription immédiate de la vie.

— Je ne sais pas. Nous sommes attirés par l'éclat des formes, non par l'habileté avec laquelle on tourne en allégories ou en allusions les spectacles quotidiens. Traduire les vœux les plus secrets de l'âme humaine et lui faire exprimer ce qui ne s'exprime jamais, cela vaut-il l'expression de nos instincts les plus puissants ?

— Derrière les hommes, il y a les idées. Que signifieraient sans cela Antigone, Œdipe à Colone, Prospéro ?

— Ils ne sont tels que parce qu'ils incarnent d'abord des hommes et des femmes, avec les goûts et les passions les plus vrais des hommes et des femmes. C'est la vie qui les anime et qui les fait grands, et non point la métaphysique obscure que nous entrevoyons en eux.

— Je ne vous comprends plus, dit Armand, presque douloureusement.

— Il me semble que Hugues a raison, fit Constance.

Il y eut un silence. Armand les regarda avec haine : forces de la vie jeune, qui le poussaient au dehors, lui, le magicien subtil. Il les avait formés tous deux, et à peine conscients, ils ne demandaient déjà qu'à s'arracher de lui, à s'éprendre d'un idéal opposé à celui qu'il avait rêvé.

Il dit avec colère :

— Je vous ai livré l'expérience de vingt ans de travail. Personne ne sert à personne.

— On doit faire son éducation, fit âprement Hugues.

— Ce n'est pas une éducation que vous désirez, dit Armand, c'est nous remplacer.

Hugues rougit, mais quelque chose l'emporta de plus fort que sa prudence.

— Que voulez-vous, Armand ? je ne peux plus vous suivre. Ce que vous aimez, c'est de constituer, avec des matériaux vivants, avec des sentiments informulés, des cristaux, des facettes prismatiques, géométriques et absolues ; moi, j'aspire à la réalité, je voudrais acquérir le pouvoir de donner un chant, son chant, à la vie quotidienne.

— Quelque chose comme un nouveau naturalisme, je pense, dit rêveusement Armand, sans regarder personne. Le sacrifice au temporaire, n'est-ce pas, l'exaltation de l'industrie ?

— Le monde moderne existe, Armand.

— Oh! je ne le nie pas! Il a sa beauté, comme tout, mais le nommer n'est pas le recréer.

— Tout vaut mieux que de retourner au Roman de la Rose, à l'éloge de Délie.

Hugues était de plus en plus agressif, comme s'il voulait détourner la conversation de son cours paisible et faire apparaître à sa surface les éléments troubles qu'elle cachait.

— Hugues, hasarda Constance, a sa propre expérience à faire. Il est trop jeune pour en arriver où tu es. Il faut qu'il suive sa jeunesse. Tu t'es retiré, tu ne vois plus en ce monde que des mythes, des légendes, tu cherches toujours, comme tu dis, le plus secret consentement de l'âme humaine. Il y a peut-être autre chose...

Armand la regardait ; son amour était bien grand ; par une sorte d'osmose intellectuelle, sans même les analyser, ni les comprendre, elle absorbait les idées de Pradelle, elle s'en faisait une substance personnelle.

« Un électricien viendrait, se disait Armand, et rien au monde n'aurait de prix hors la polarisation! Petite chose, en vérité, pauvre petite chose... »

Dans sa souffrance, il éprouvait une sorte d'orgueil à dominer ces deux êtres, à les juger, à pénétrer leurs motifs les plus inavoués ; ce qui entraînait Hugues, c'était le goût de la vie sensuelle et factice. Il en voulait à Armand de son indifférence à tout ce qui n'est pas satisfaction immédiate, laisser-aller heureux. Mais Armand démêlait cruellement ce qu'un tel rêve révélait d'amour brutal pour la jouissance et de paresse d'esprit.

Pendant longtemps, dans leur amitié, aveuglant ce qu'ils avaient de dissemblable, ils avaient mis en commun tout ce qui pouvait être réuni : maintenant, rejetant ce trésor unique, ils cherchaient âprement, avidement, ce qu'ils avaient de différent pour se séparer l'un de l'autre.

Armand perçut l'hésitation de Constance : son parti fut vite pris.

Il revoyait ce regard soumis, extasié, ce regard amoureux que Constance avait tourné vers Hugues. Ce regard le martyrisait malgré lui : qui donc lui en avait donné de pareils ? Dans son innocence, il contenait une promesse qu'on ne lui avait jamais faite. Mais, si peu que ce fût, il annonçait une transformation, et Armand, jaloux en ce moment comme le sont les pères, ne pouvait souffrir l'idée que sa sœur s'humiliât devant l'autel de Lampsaque. S'il avait eu jusque-là la force de se dominer, il jugea alors qu'il valait mieux en finir.

— Votre transition est douteuse, Hugues, dit-il. Que parlez-vous encore d'art et de littérature ? Vous ne les préférez plus. Or, ne plus les préférer, c'est renoncer à eux !

— Vous ne croyez plus à ma sincérité ? répondit Pradelle, frémissant de colère.

— A votre sincérité, oui. Mais non à votre constance. Vous allez demander à la vie autre chose que sa transposition.

— Quoi donc ?

— Le sais-je ? Une forme de volupté.

— Vous me méprisez donc bien, Armand ?

— Pourquoi vous mépriserais-je de préférer ce qui passe à ce qui reste. Vous n'êtes pas entré dans les ordres, vous n'avez pas prononcé de vœux, et je ne suis en rien le supérieur d'un couvent. Je garde ma foi. Elle demande un ascétisme dont vous ne voulez plus !

— Ce que je crains n'est pas l'ascétisme, Vautier, c'est votre influence. Voilà bien des jours que je lutte contre elle. Votre esprit n'est fécondant que pour vous-même. Pour nous, il est funeste ! Il y a en lui un élément mortel, et c'est à cause de cela que je ne peux plus vous admirer.

— Je ne demande à personne de pratiquer un culte, dit Vautier, ironiquement.

— Ah! ne plaisantez pas, Armand! Croyez-vous que je ne souffre point d'en être venu là? Mais il me faut confesser ce qui me torture, ce que j'ai sur le cœur! Loin de vous, échappant à votre fascination, j'ai appris à vous mieux connaître, — et moi-même, par contre-coup! Ce qu'il y a en vous, c'est une sorte de mépris de la nature, de l'instinct, de la nécessité. Vous nagez toujours à contre-courant. Je ne peux plus croire que la résistance à l'abandon soit seule fertile. Votre art a quelque chose de mort; votre vie aussi. Je crains tellement votre action que si j'aimais quelqu'un qui la subît, je ferais tout pour l'en arracher...

Armand ferma les yeux; une scène récente se peignit à son esprit: Hugues et Constance, rouges de plaisir, se poursuivant sur la terrasse... L'éclat du soleil était tel que les formes le relançaient au ciel, comme d'un revers de main; tout brûlait dans l'azur et dans le marbre; un régime de fruits coulait d'un arbre, comme du cuivre en fusion; les statues de pierre blanche, qui veillaient sur le bassin, semblaient luisantes d'une sueur sacrée, et, de l'autre côté de la vallée, la montagne semblait corrodée et fouillée par un cancer de lumière.

Et l'homme qui possédait l'ivresse de se mêler à cette joie animale, à cette exaltation formidable de la vie, l'homme, plein de santé, d'endurance, d'avenir, qui lui volait sa sœur, osait encore lui reprocher, à lui, bientôt moribond, la faible chaleur physique qui lui permettait d'exister!

« Il se croit le plus fort parce qu'il est le plus vigoureux, se dit sarcastiquement Vautier. Mais il ignore encore tous les détours de l'esprit... »

Cette conversation le brisait, sa fièvre augmentait. Une quinte de toux arrêta la phrase qu'il allait commencer. Il cracha longuement et douloureusement dans son mouchoir, comme pour ajouter un commentaire funèbre aux paroles de Pradelle. Constance jetait, pour qu'il se tût, des regards suppliants à celui-ci. Un sourire à demi triomphant errait cependant sur les lèvres de Vautier, malgré la détresse et la fatigue où le jetait ce colloque. Il se leva enfin et murmura :

— Il me semble, Hugues, que nous voici à la fourche. Désormais, je crois que nous n'aurons plus rien à nous dire. Nos vraies natures se sont révélées et ne se supportent guère. Mais l'impatience vous égare : rien ne se fait que par le temps! Je regrette que nous nous quittions si tôt. Je croyais vous garder jusqu'à ma mort. C'est trop long, n'est-ce pas? Eh bien, séparons-nous! Notre présence mutuelle, il nous faudra dorénavant l'éviter, n'est-ce pas?

Hugues, atterré, n'avait pas prévu un contre-coup si précis. Il tenait à témoigner de ses droits à l'indépendance et à traiter d'égal à égal avec Vautier, jusqu'à son mariage. Il ne supposait point qu'il provoquerait une rupture aussi complète. Il balbutia :

— Vous avez raison, Armand. Je partirai demain.

— Oh! ce n'est peut-être pas si urgent, répondit Vautier, avec une hauteur qui enleva à Pradelle toute possibilité de rester un jour de plus.

Il chercha à lui décocher une flèche empoisonnée, mais il se sentit vaincu par le calme de son ami. Constance, irritée contre Hugues, suivit son frère, qui se dirigeait vers l'escalier. Comme elle serrait la main de Pradelle, il murmura très vite :

— A cinq heures, demain, au Généraliffe.

Elle ne répondit pas et tourna la tête.

Il sortit. Les choses tourbillonnaient en lui. Il ne savait plus s'il avait dirigé la conversation ou si Armand l'avait mis soudain au pied du mur. Cette brouille absurde compliquait sa situation.

« Idiot de se disputer pour ces niaiseries! »

Mais, à travers ces niaiseries, il voyait l'antagonisme de leurs caractères ; Armand l'avait deviné ; il avait cru aimer la poésie, il n'aimait que l'émotion. L'exaltation devenait chez lui volupté, phénomène propre à la jeunesse. Il s'avouait aussi que s'il prenait à ce point parti contre Vautier, s'il exagérait ses propres tendances, c'était dans l'emportement d'une lutte dont Constance était le prix.

Cependant il avait brisé le cristal du monde magique où il vivait. Constance le suivrait-elle? Rien n'était moins sûr.

« Je saurai bien l'y contraindre... »

En bas, la ville de marbre et de reflets dormait dans la longue nuit bleue, transparente comme la mer. Les étoiles palpitantes y vibraient, astéries aux tentacules frissonnants. L'ombre était si vivante que cette image vint naturellement à l'esprit de Pradelle. Il se fit soudain l'effet d'un enfant qui a jeté dans un puits la clef d'un domaine enchanté. Se sentant aimé, il s'était cru fort. Il s'en voulait déjà de sa détermination comme d'une erreur. Son grand désir de Constance lui rendait plus intolérable l'indifférence d'Armand pour tout ce qui touche au bonheur, sans qu'il osât faire la part de renoncement et de désespoir de cet homme, qui mettait son courage à s'entraîner à la mort afin de ne pas être dominé par elle.

Il se souvint de son arrivée, du cahot qui, en jetant Constance sur lui, avait éveillé le trouble de ses sens, de ce bras qui l'avait tant ému, des fruits sur la table, des projets intellectuels d'Armand.

« Nous étions déjà divisés, ce soir-là », pensa Hugues.

Il ne savait pas que l'Espagne avait agi sur tous deux, exaltant en Vautier son renoncement spirituel, en lui-même, son appétit d'une jouissance voluptueuse. Cependant, cet appétit tourmentait sa chair. Il chercha des yeux la fenêtre de Constance, il l'imagina derrière ses volets, se décoiffant, quittant sa robe, et son imagination lui montrait un corps nu, dont les lignes lui semblaient d'autant plus belles qu'elles devenaient plus inaccessibles en ce moment. Il vit aussi la croisée d'Armand. Et alors une sorte de remords et de pitié s'empara de lui, car il venait de rompre avec son ami, son seul, son meilleur ami.

« Il m'aimait et je l'aimais. Qu'y avait-il donc en moi, qui me forçât à le rejeter au loin ? »

Il aurait voulu entrer chez Constance, il faillit frapper chez Armand et lui demander pardon. Peut-être l'instinct de ruse inspirait-il ce moyen de regagner Constance... Trop tard !

Armand, qui ne dormait pas, entendit ce pas lourd dans l'escalier. Il sentit qu'il supportait un corps fatigué, hésitant. Il eut aussi une seconde de pitié, mais il se raidit dans son amour-propre blessé, dans son égoïsme, dans sa douleur. Il détestait cette explication qu'il avait provoquée, et cependant, il savait bien que rompre avec Hugues, c'était garder Constance près de lui. Il n'avait pas été cynique jusque-là, mais il regarda son travail en face, avec une joie dépouillée de mensonge. Cynisme qui parlait si haut qu'il épouvanta Armand : il se refit hypocrite!

« Elle pourra épouser un homme sincère et continu, un homme véritable. Cet enfant qui tourne à tous vents, cette girouette, ce n'est pas un mari! — Cette fois encore, je ne la perdrai pas... »

Et si Hugues persuadait Constance de l'épouser, s'il l'enlevait même? Il se doutait que le lendemain aurait lieu une conversation décisive. Il en eut de la sueur froide, puis il se domina. N'aurait-il pas assez de force pour vivre, souffrir et mourir seul? Cela était arrivé déjà à bien des êtres... Mais Armand, à cette seule idée, avait le cœur martelé d'angoisse!

« Je suis misérable, se répétait-il, misérable! Toute cette intelligence, dont je suis si fier, voilà donc à quoi elle aboutit : un frisson animal de panique!

« Eh! quoi, ajoutait-il, n'est-il pas juste que je me défende contre les pièges du premier sot venu? Cette part de bonheur, si faible, si disputée déjà, dois-je l'abandonner sans lutte à ce fat gorgé de biens et qui me l'envie? Pendant des années, j'ai vécu dans une cave, sans tendresse, sans expansion, n'ayant de ce monde que l'image féroce et désolée que je me forgeais à force de douleur. Je ne suis demeuré vivant que par l'énergie, me colletant chaque matin avec la Nature. Je n'ai connu que la souffrance d'être laid et malade, la solitude du cœur, l'indifférence de mes amis, sous un masque d'admiration mensongère, le mépris des femmes, l'hostilité impitoyable de cet univers? Et maintenant qu'une fleur enbaume ma vie, plus délicate que son reflet dans l'eau, je la laisserais cueillir par n'importe qui, un être qui la jetterait sans doute après l'avoir fanée? Car, répétait-il avec énergie, je suis bien persuadé que la noblesse de Constance, sa pureté, sa perfection intellectuelle et morale, lui rendraient impossible tout bonheur avec un Pradelle! »

Il répétait cette pensée sous toutes ses formes ; il était entièrement sincère en la formulant, soit qu'elle fût sa meilleure défense contre des remords futurs, soit qu'en effet sa clairvoyance, aiguisée par l'intérêt, eût démêlé en Hugues quelque point véreux par quoi son cœur se laisserait gagner.

« Mais, se disait-il encore, qu'adviendra-t-il si l'ennui s'empare de Constance? »

Il touchait à nouveau le fond de sa tristesse. De quoi naissait donc cette douleur qui les torturait tous trois ? De quel froissement, insensible au début, comme le mince filet d'eau d'une source qui va devenir fleuve ?

Il dériva doucement, sa pensée flottait déjà, mêlée au sommeil.

Constance, elle, à demi déshabillée, jetée sur son lit ouvert, sanglotait, la face cachée dans ses bras nus.

IX

Hᵁᴳᵁᴱˢ Pradelle attendait Constance devant la grille du
Généraliffe. Quand elle parut, ses traits, comme bour-
souflés de chagrin, lui confièrent, de sa triste nuit, le
récit qu'elle ne ferait jamais. Il s'aperçut alors, et seulement, qu'il éprouvait lui-même plus de colère encore et d'anxiété
que de douleur.

A leur approche, un petit vieux ouvrit la grille, puis, ayant
examiné avec soin la permission d'entrer que Pradelle lui montra,
il inscrivit leurs noms, à grand'peine, sur un cahier sali.

Ils suivirent une allée étroite, entre des cyprès en forme de
quenouilles, mais dont beaucoup, maladroitement étêtés, semblaient malingres ou bossus.

— Pourquoi avez-vous fait cela ? s'écria tout à coup Constance. Qu'est-ce qui vous a pris ? A quoi rimait une aussi sotte
querelle ?

— Je n'avais en rien, je vous jure, l'intention de blesser
Armand !

— Allons donc ! Depuis huit jours, vous le harceliez sans répit !

— C'était presque à mon insu. Ah! comprenez-moi, Constance! J'ai dit hier soir une partie de la vérité. Il y a dans votre frère un être secret, à l'emprise de qui il me faut échapper coûte que coûte! Ma propre vie morale est à ce prix! Il m'impose une manière de penser, une manière de sentir, qui ne sont pas les miennes et dont je souffre. Je suis écartelé vif. Ma nature lutte contre la sienne.

— Eh bien, ne sentiez-vous pas cela quand vous l'admiriez tant?

— Je ne m'en rendais pas compte. Le certain, c'est que mon admiration diminue chaque jour.

— Mon pauvre Hugues, ne voyez-vous pas que vous êtes tout simplement jaloux de lui, à cause de moi? Oui, jaloux, tout bêtement...

— C'est possible, en effet, car je redoute son influence sur vous et je voudrais vous arracher à elle, le plus tôt possible!

Ils venaient d'arriver devant une maison de couleur vive, pareille à quelque orange trop mûre. A côté d'elle, un portail auquel Pradelle sonna. Il y eut un long silence. Enfin une vieille personne, au visage de duègne de comédie, qui les regardait d'une fenêtre, leur cria de sonner plus fort.

Peu après, on entendit tourner une clef dans la serrure et, entre les battants, ils aperçurent une jeune femme lente et brune, aux yeux si tristes qu'elle semblait, au seuil du jardin féerique, incarner l'esprit même de la désillusion.

— Si vous m'aimiez avec moins d'égoïsme, dit sourdement Constance, en suivant le canal qui bleuit entre deux bordures de fleurs, penseriez-vous uniquement à vous libérer de l'influence d'Armand? Le beau travail, en vérité!

— Je suis excédé de me sentir toujours un petit garçon à côté de lui.

— Je vous croyais moins vaniteux, Hugues. On dirait que sa supériorité vous humilie.

— Vous ne voulez pas me comprendre. Ce n'est pas son talent qui me gêne, c'est la forme que prend son esprit! Et je vous jure bien, Constance, que le jour où nous serons mariés...

Alors ils virent une sorte de brouillard entre eux. Où étaient-ils? Comment étaient-ils? Avec quelles mains pourraient-ils se toucher ? Se saisiraient-ils jamais à travers cette brume qui les isolait l'un de l'autre ?

— Je n'abandonnerai jamais Armand, dit simplement Constance.

— Avez-vous fait le vœu de demeurer une garde-malade jusqu'à sa mort ?

— Je ne commettrai jamais de lâcheté.

— Vous ne m'aimez pas, Constance. C'est lui que vous préférez !

— En ce moment, je vous hais autant l'un que l'autre, car vous me déchirez également ! Où voulez-vous que je me retrouve ? Je comptais désormais m'appuyer à la fois sur votre amour et sur l'affection d'Armand, et sans que je sache pourquoi vous vous entendez tous deux pour essayer de vous blesser à travers moi !

Tout à leur inquiète pensée, ils suivaient les dédales du Généraliffe. Un escalier venait de les conduire à sa plus haute terrasse. Trois colonnes la signalaient, qui portaient à leur extrémité des têtes de pierre si lisses et si luisantes qu'elles semblaient de cire. On avait devant soi la dégringolade des terrains successifs, le miroitement d'une serre, le cailloutis d'un chemin qui roulait sous les pampres d'une treille ; derrière, s'élevait légèrement le mirador à deux étages.

— Cependant, Constance, il faut prendre une décision, je rentrerai demain en France. Qu'allez-vous faire ?

— Je ne sais pas. Laissez-moi réfléchir.

— Me croyez-vous d'humeur à attendre patiemment le résultat de vos réflexions ?

— Il le faudra bien ! Supposiez-vous que je partirais avec vous demain ?

— Pourquoi pas ? Ah ! Constance, ne réfléchissez pas ainsi ! Un instinct me dit que si vous ne me suivez pas tout de suite, vous ne le ferez jamais. Pas demain si vous voulez, mais dans quinze jours, dans un mois ! Demain est toujours trop tard ! Le bonheur ne se présente pas à nous plusieurs fois de suite. Et vous hésitez ! Si vous m'aimiez comme je vous aime, vous ne reculeriez pas, vous ne seriez pas effrayée par les responsabi-

lités qui vous épouvantent! Vous sauteriez joyeusement au-
dessus de toutes les conventions. Vous n'avez donc aucune hâte,
aucune impatience? Mais moi, je frémis, je tremble à l'idée de
vous avoir à moi, rien qu'à moi, de vous emporter ailleurs, bien
loin, dans un pays où nul n'essaierait de vous soustraire à ma
tendresse. Vous voyez bien qu'Armand a sur vous une désolante
influence. Il a glacé votre sang dans vos veines!

Il lui prenait fiévreusement les mains et ses lèvres brûlantes
se pressaient sur elles, remontaient le long de ses bras nus. Ces
caresses lui faisaient perdre son contrôle sur elle-même. Tout
tournait à ses yeux. Une chaleur inconnue affluait à sa gorge, à
ses tempes ; elle sentait ses membres à la fois inertes et contrac-
tés par quelque chose d'indéfinissable qui la poussait en avant,
elle ne savait où. Son cou se gonflait, le blanc de ses yeux s'élargissait. Il lui prit la nuque dans sa main, et il baisa sa bouche.
Elle eut un grand frisson, le long de l'échine, et l'impression
que son être, tout entier, son système nerveux, remontaient jusqu'à ses lèvres, s'y concentraient, se perdaient dans cette efflo-
rescence d'elle-même qui s'en allait en bonheur. Elle sortit de
son demi-anéantissement parce qu'il disait à son oreille :

— Il faut partir avec moi, Constance, qui sait si nous retrouverons une heure pareille? Rentrez à la villa, faites votre valise, et
demain...

Ces paroles brutales, pratiques, avec leurs louches sous-enten-
dus, dégrisèrent Constance. Alors, par une naturelle réaction,
toutes les austères figures qui avaient toujours veillé sur elle
reparurent à ses yeux. La vieille Sibylle s'agita sur son trépied,
mais elle empruntait la voix même d'Armand pour ressusciter
à nouveau les antiques paroles grandioses et cruelles. Sacrifice,
Devoir, Héroïsme, sonnaient aux oreilles de la jeune fille, avec
des bruits d'armures. Ne voyait-elle pas son frère, depuis plusieurs semaines, se parer de cet attirail de paladin pour lui laisser
la liberté? Elle ne pouvait consentir à la défaite dans ce tournoi
où son honneur était engagé. Elle fit cependant une tentative
de conciliation.

— Allez voir Armand! Cette brouille peut encore s'arranger.
Nous recommencerons l'heureuse existence de ces derniers
temps.

— Impossible, Constance !

Le visage empourpré, Hugues Pradelle venait de se lever.

— Non, non, ne me demandez jamais une chose pareille ! J'ai, peut-être, comme écrivain, un avenir. Je vous jure que, si je demeurais auprès de Vautier, j'accomplirais un véritable suicide. Le jeu purement intellectuel de votre frère, ces facultés qui ne tendent qu'à déséquilibrer l'individu, cette poésie sans émotion humaine, ce goût exclusif de la culture, ce nihilisme sentimental, tout cela est désastreux pour moi. Je vous le répète : deux philosophies, deux esthétiques se combattent à travers nous !

— Et c'est moi qui suis leur victime !

— La vie commune serait un enfer ! Armand se complaît dans la peinture de sentiments vagues, de désirs sans nom possible, et je n'aime que les analyses précises, presque prosaïques et sans la moindre exagération ; il poursuit des illusions diaprées par son caprice, et je ne supporte plus que le réel ; il est misanthrope, et j'adore l'humanité ; pessimiste, et j'ai, comme Bergevin, comme tous mes amis, besoin de croire dans la beauté de la vie ! Nous sommes devenus deux étrangers, nous serions deux ennemis !

— Vous avez changé bien vite ! répondit Constance.

— J'ai appris à me mieux connaître !

La jeune fille regarda son ami. La violence de ses passions donnait en ce moment un air de grand âge au masque encore puéril de Pradelle.

Elle comprit alors à demi, sans préciser sa pensée, que la jalousie sentimentale dont Hugues souffrait depuis qu'il était amoureux n'était pas seule à le torturer. Avec elle, Constance voyait naître l'Envie, qui tord chaque sourire en grimace. A force de lutter pour ravir Constance à l'action morale de Vautier, il était venu au cœur de Pradelle une sourde haine contre cet homme qui le dominait en tout. La transformation rapide de son idéal littéraire n'était qu'un épisode de sa première défaite, dans la lutte avec le mal qui ne pardonne pas. Mais Constance ignorait alors les doutes cruels qui tourmentaient Pradelle au sujet de son talent et la maladresse croissante de ses essais poétiques. Depuis leurs dernières rencontres à Paris, ces déconvenues avaient préparé l'apparition de l'homme aigri dans l'adolescent

enthousiaste d'hier. Aujourd'hui, il suffisait d'un instinct de
lutte intellectuelle surexcitée par l'amour, pour faire surgir le
démon de la vaine convoitise.

— Croyez-vous, fit soudain Pradelle, qu'il ne soit pas dur
pour moi de me séparer d'un homme que j'ai tant aimé, qui
m'a fasciné et séduit comme une femme, et par les yeux de qui j'ai
vu le monde pendant dix ans ? Eh bien ! il faut que j'aie le courage
d'une telle opération ! Plus tard, nous nous retrouverons peut-
être assagis, maîtres de nous-mêmes, et nous n'aurons plus honte
de notre effort de délivrance. Cet effort, il faudra que vous
le fassiez aussi, Constance, si vous voulez vivre pleinement,
si vous voulez être digne de l'amour, et si vous désirez devenir
autre chose qu'un pâle reflet d'Armand !

Elle ne répondit pas. Isolés sur ce coin de terrasse, au plus
haut point de Grenade, ayant derrière eux les croupes rousses
et rudes de l'Albaycin, tranchées par des ombres tragiques,
devant eux, l'immensité de la plaine fumante, fermée par des
montagnes bleues, à leurs pieds, les sept terrasses du Généraliffe, avec leurs fleurs, leurs balustrades et leurs cyprès, le sentiment qui les étreignait était si grave qu'il excluait la tristesse tout
autant que la joie.

A l'angle de la colline, au-dessus de la coupure où roulait
le Darro, et jaillissant d'une végétation innombrable, l'Alhambra
haussait ses tours crénelées et jaunies. Tout contre elles, le château inachevé de Charles-Quint s'ouvrait, comme un cirque
énorme et vide, inutile. Et de ces pierres multipliées, qui avaient
usé le temps, montait un séculaire conseil de résistance.
Le soleil venait de se délivrer des nuages qui occupaient
le couchant ; une bande de vert, d'un vert extrêmement délicat,
s'insinuait entre des moutonnements grisâtres. A gauche, arri-
vaient d'énormes nuées basses, traînantes, aux flancs chargés de
pluie. Un rayon tomba, toucha la plaine, tout resplendit, les
fumées se dorèrent en montant dans l'air.

— Je ne vous suivrai pas, vous le savez, dit enfin Constance,
mais je serai votre femme quand vous ne mettrez plus tant de
conditions à notre mariage. Je me dois à mon frère, et non seulement parce qu'il est gravement malade et seul au monde, mais
aussi parce que c'est un grand poète et que mon premier devoir

es de lui éviter tout chagrin. Je crois qu'il a encore des chefs-d'œuvre à écrire.

— Je suis bien persuadé du contraire, dit Pradelle, un peu trop vivement, mais je n'ai pas le moyen de vous le prouver... seulement, prenez garde, Constance : vous allez vous préparer toute une vie de regrets !

Ils furent baignés dans une atmosphère d'or. Les maisons de Grenade, à côté de cette lumière, devinrent d'un bleu presque foncé. L'éblouissement dura peu. Le soleil s'enfonça dans une autre couche de nuages. Tout se ternit de nouveau. Une sonnerie de cloches, creuse, lourde, ébranla l'air. La jeune femme déçue agita d'en bas son châle pour avertir les visiteurs qu'on allait clore le jardin. Une rougeur cerise apparut au-dessus des montagnes bleues.

— Oublierez-vous cela ? demanda Constance, en tournant vers Hugues son regard triste.

Il hocha douloureusement la tête. Ce souvenir s'en irait-il comme tant d'autres ? Cesserait-il, un jour, d'émouvoir son cœur ? Il s'interrogeait plus avant. Plus tard, beaucoup plus tard, lui arriverait-il encore de mettre sa foi, toute sa pauvre foi, dans un visage humain, et de croire qu'il y a des choses qui ne s'oublient point, — en ce monde qui n'est créé que pour l'oubli ?

— Vous reviendrez sur votre décision, dit-il enfin.

— Je n'aurai jamais de bonheur en dehors de vous, Hugues. Mais pourquoi donc, Armand et vous, vous obstinez-vous à rendre impossible le retour des heures que nous avons passées ensemble ?

— Je ne savais pas au commencement que je vous aimais !

— C'est donc votre amour qui a détruit notre paix ? dit-elle, avec colère. Quel bien puis-je en attendre ?

— Sans Armand, nous ne souffririons point !

— Taisez-vous ! Je ne peux entendre cela !

Jusqu'à la villa, ils n'échangèrent que des paroles banales. Hugues Pradelle demanda à voir Vautier, mais le malade prétexta une crise d'étouffement pour ne pas le recevoir.

— Vous voyez bien qu'il me hait, dit Hugues à Constance, qui le raccompagnait à la grille de *las Delicias*.

Elle ne voulut pas en convenir, bien qu'elle fût fort irritée contre l'intransigeance de son frère. Ils se quittèrent sans un mot de tendresse, surveillés par le valet à mine de *chulo* et par le cocher. Ils auraient voulu se dire quelque chose qui les liât à jamais. Ils ne trouvèrent rien. Tous deux souffraient d'une mutuelle rancune, car chacun exigeait d'autrui un sacrifice plus grand encore, qu'il ne faisait pas lui-même. Au moment de se séparer, ils échangèrent des promesses vagues, tout en se donnant des regards intenses, où l'angoisse de l'adieu faisait affluer l'émotion que leurs lèvres ne savaient pas révéler.

— Vous m'écrirez? cria Pradelle, en se retournant, tandis que les mules entraînaient la voiture sous les hauts arbres.

— Bien sûr!

Un dernier geste de la main et Constance se sentit soudain toute suffoquée de larmes.

Armand l'attendait avec anxiété. Quand elle descendit pour dîner, il lui vit un visage si impassible qu'il se trompa dans son jugement sur elle. Pendant tout le morne repas, il ne fut question de rien. Mais, au dessert, Vautier demanda d'une voix qui tremblait un peu :

— Eh bien! il est parti?

— Tu le vois bien!

— J'espère, Constance, que tu exagérais tes sentiments et que cette séparation ne te cause pas trop de chagrin?

— Je te reste, dit-elle, sobrement, sans vouloir s'engager davantage.

Il l'attira près de lui et l'embrassa avec une tendresse grave :

— Ne le regrette pas! Hugues était un égoïste! Il ne pensait qu'à nous séparer!

X

Lorsque Hugues Pradelle fut parti, les pluies torrentielles d'automne contraignirent Armand à la claustration. Il regardait pendant des heures le paysage paraître et disparaître, tour à tour, à travers le rideau mobile de l'eau. En proie à une tristesse aigre et maussade, il laissait des remords obscurs foisonner dans son découragement. Comme il nous arrive souvent quand nous venons d'agir, il transformait à son gré son rôle vis-à-vis de Constance et de Pradelle. Il dégageait subtilement sa responsabilité, plaidait son innocence et embrouillait à ses yeux les fils de l'intrigue qu'il avait tissée avec tant de lucide duplicité. Mais malgré ses tours d'escamotage, il ne se leurrait pas sur la mélancolie de sa sœur.

« J'ai agi dans son intérêt, se répétait-il. Qu'eût-elle fait dans la société de ce nigaud ? »

Pourtant ce nigaud avait été un de ses meilleurs amis, et surtout son plus fervent admirateur. Armand, privé de cette atmosphère d'adulation, si nécessaire à sa température morale, eût crié à la trahison. Il en voulait presque autant à Pradelle

d'avoir déserté le rôle qu'il lui avait assigné que de sa tentative
de rapt. Il détestait que l'on dérangeât l'ordre des choses au
milieu desquelles il avait coutume de se mouvoir. Il craignait aussi
que Pradelle, dans sa rancune, n'entraînât à la même défection
Bergevin, Philippe Leminier, Jean Carcès. Il n'aimait pas retrouver
autour de lui, réelle et pour ainsi dire tangible, cette solitude dans
laquelle il plaçait les créations de son esprit.

D'ailleurs, Hugues avait certainement emporté quelque
chose avec lui. Quoi ? Le malade ne se le disait pas expressément, mais Constance, si libre avec lui naguère, se réservait.
Elle devenait pareille à ces portraits que l'on a l'habitude de
regarder en face et que l'on met sous verre : on ne sait plus décou-
vrir leur regard, ni déchiffrer l'énigme de leur sourire.

Pendant que l'année, moribonde, allait à son terme, Constance s'abandonnait à son chagrin. Il la paralysait peu à peu,
étouffant à leur naissance les émotions qui ne se rapportaient pas
à lui. Elle ne luttait pas, elle engourdissait tous ceux de ses nerfs
qui ne vibraient pas à la douleur. L'absence de Pradelle mettait
dans sa vie des blancs, pourrait-on dire, des espaces vides, qui
ne communiquaient pas entre eux. Elle se sentait morcelée ;
et détournant ses yeux de l'activité quotidienne, elle se repais-
sait de rêves mornes ou captieux.

Trop clairvoyant pour ne pas suivre le travail intérieur qui la
dégradait et la désorganisait peu à peu, Armand en éprouvait
de l'irritation et du mépris. Il avait cru que cet amour n'émet-
trait aucune profonde racine et qu'au bout de peu de semaines,
l'éloignement de Pradelle en aurait tari la sève. Or, au contraire, la plante se faisait vivace et croissait aux dépens de
Constance.

Cette lumière qui se retirait de son teint, ce voile qui ternis-
sait ses yeux, ces gestes languissants, l'exaspéraient comme un
hommage offert au disparu. Il jalousait ce mauvais encens, à la
façon d'un dieu qui voit la niche voisine plus achalandée que la
sienne. A maintes reprises, il essaya de ramener la conversation
sur Hugues, de s'expliquer, de s'excuser même, mais Constance
écartait ce sujet d'une main si détachée et si molle, qu'il lui
fallait voir combien il lui tenait encore à cœur.

Ils finirent par vivre l'un en face de l'autre, comme deux arbres sur des rives opposées, mais qu'un fleuve sépare. Ils ne mêlaient plus, comme naguère, dans son onde à demi obscure, les reflets réunis de leurs feuilles extrêmes, mais ils regardaient trembler, bousculées par l'irrésistible courant, des images rétractiles, des aspects différenciés d'eux-mêmes.

Armand et Constance, eux aussi, s'étaient crus pareils et pour longtemps, mais chaque jour éclairait plus cruellement leurs oppositions. Par vengeance, Constance donnait tous ses soins à cultiver ce qu'elle possédait instinctivement de contraire à l'esprit d'Armand, — ce qui la rapprochait de Pradelle. Elle affectait de mépriser, chez tous les hommes qui les avaient eues, les visées ambitieuses de Vautier et de n'aimer que les choses dont il avait le dédain. Alors, dans sa fureur de l'arracher à son rival, Armand en vint à souhaiter qu'elle eût un autre amour et même qu'elle se mariât. Il oubliait que, seule, sa peur du mariage de Constance avait causé sa brouille avec Hugues, mais il haïssait maintenant son ancien ami, comme s'il possédait secrètement une autre raison de le faire. Et il se fût volontiers sacrifié pour mieux sacrifier sa sœur!

Il pensa à son second disciple, à ce Bergevin, qu'il avait un peu négligé. Pourquoi ne viendrait-il pas à Grenade? Plus grave et moins puéril que Pradelle, il ne manquait pas d'un certain charme. Lasse de se dévorer elle-même et trouvant rétive sa chimère, qui sait si Constance ne se laisserait pas capter par lui, au point d'oublier sa passion déplorable?

Il lui parla de Bergevin, un jour, incidemment.

Ils étaient à table par un beau midi d'hiver, qui découpait toute chose comme dans un cristal et n'admettait nulle ombre en lui. Constance jeta à Armand un regard aigu.

— Ah! non, je t'en prie, pas deux fois! Tu as mis Hugues à la porte. Je n'ai rien dit. Mais si Bergevin vient, c'est moi qui m'en irai.

— Je n'ai jamais mis Hugues à la porte. Il n'a eu de cesse qu'il ne m'ait prouvé que j'étais un vieil imbécile, mûr pour le mausolée. J'ai tenu à prouver ma vitalité.

— Il suffit! Nous n'avons pas à revenir là-dessus.

Il se sentit deviné et sa colère s'en accrut. La solitude, où ils vivaient, exagérait d'ailleurs la violence de leurs sentiments.

La société ne permet peut-être pas d'en avoir de bien profonds, mais du moins elle tolère peu que poussent et s'enchevêtrent en nous ces floraisons parasitaires, qui prennent une telle force dans l'isolement. Peut-être sommes-nous moins contrefaits dans la vie mondaine, parce que nous y suivons nos goûts naturels, et que nous n'avons pas le loisir de nous y abandonner à ces excès de tension morale, qui nous font souvent perdre notre direction véritable.

Au bout de quelques mois de ce régime. Armand et sa sœur en arrivèrent presque à se haïr. Leur commune présence leur causait une irritation sourde. Ils échangeaient des paroles aigres, des allusions blessantes. Constance en voulait à son frère du sacrifice qu'elle lui faisait ; et Armand ne lui pardonnait pas d'avoir renoncé à Pradelle sans cesser de l'aimer ; comme au fond de soi-même, il se blâmait de son injustice, il laissait retomber sur elle l'amertume de ce désaveu.

Tous deux souffraient de cette malveillance, et lorsqu'ils eurent découvert à quel point ils se détestaient, ils eurent des élans de tendresse, des retours d'affection, qu'ils n'éprouvaient plus dans la période de sèche et désobligeante indifférence qui avait suivi le départ de Pradelle. Ils eussent pleuré de désespoir de se sentir à ce point hostiles ! Ils s'efforçaient de se rapprocher, de s'unir de nouveau, — puis soudain, pour le moindre incident, pour un souvenir trop récent jeté dans la conversation, moins encore, pour une certaine façon d'employer le mot liberté ou le mot renoncement, voici que de nouveau les figures se ferment, les regards échangent des jets de fureur, les bouches ricanent et s'insultent, et les terribles grimaces de deux instincts, qui entrent en lutte, apparaissent à travers les visages.

Mais Armand toussait-il, avait-il, le soir, plus de température, Constance se rapprochait de lui, humble, soumise, inquiète. Ah ! puisqu'elle n'avait plus que lui, du moins, qu'il vécût, — qu'il vécût et qu'il fût heureux !

Ses espérances du début s'usaient à la longue, comme la feuille de l'orme déchiquetée par la chenille. Non qu'elle eût renoncé expressément à elles, mais elle les plaçait dans un avenir si hypothétique qu'elles prenaient la forme d'un rêve. Chaque lettre de Pradelle, reçue en cachette, la rendait plus mélancolique. Il n'y était, en effet, jamais question d'un but sérieux, d'un désir de réconciliation ou d'apaisement, mais au milieu d'un flot de tendresses emportées et d'accès de fureur contre son refus de le suivre, revenait comme un refrain le nom abhorré d'Armand. Chaque projet qu'il avouait n'avait d'autre dessein que de consacrer la déchéance de Vautier, de célébrer la joie d'échapper à son influence et de le mettre au rang des fossiles, comme une ammonite de la poésie, dans une vitrine bien fermée du musée littéraire; et, à l'en croire, ses amis avaient la même pensée que lui.

« Il faut qu'Armand soit bien grand pour les gêner encore à ce point! » ne pouvait s'empêcher de reconnaître Constance.

Et elle se remettait à admirer son frère, jusqu'au moment où quelque parole inopportune la rejetait à son ressentiment.

Vers le soir, elle allait s'asseoir sur le banc qui dominait Grenade. Elle regardait sans fin la vaste ville étendue à ses pieds, à demi ensevelie dans l'ombre. Elle voyait de grands pans de ténèbres tomber entre les parois de calcédoine. De loin en loin, un feu vert, un bec de gaz rougeâtre ; vers la droite, montait un cordon de maisons éclairées à leurs bases par des traînées de pourpre. Au delà, on devinait la plaine, les montagnes, sculptures faites dans de l'ombre, moulages pris par les ténèbres. Toutes ces noirceurs l'effrayaient et l'attiraient à la fois.

Il montait de cet ensemble des voix joyeuses, des abois de chien, — et parfois, une fusée à l'horizon. Constance songeait aux douleurs, aux amours, aux désirs qui reposaient là, sous ses yeux. Tant de tourments ne servaient-ils donc qu'à troubler la vie humaine dans son auge, afin que nul n'en vît le fond terrible? Ce fond, elle se le représentait sous l'image atroce qu'en montre Valdès Léal, dans son terrible tableau de Séville, à l'hôpital de la Caridad : *Finis gloriæ mundi.*

Et cependant, la paix de ces soirées sur Grenade sommeillante prenait tant de splendeur que Constance, les larmes aux yeux, avait envie de remercier quelqu'un de ce qu'une telle merveille existât ; des hymnes confus venaient à ses lèvres. Elle priait pour Armand, pour Hugues, et elle suppliait Dieu de ne point la punir dans l'une ou l'autre de ses affections, des sentiments odieux qu'elle nourrissait. Son émotion se fondait alors dans une tendresse immense, vague et trouble.

Mais aussitôt, le grand mal revenait : l'angoisse de la solitude. Ah! qu'elle eût voulu que Pradelle fût à côté d'elle pour partager sa mélancolie et son exaltation! Comme elle se serait épanchée avec reconnaissance! Etait-il possible que cette chose énorme, son bonheur à elle, fût soumise à ces misérables réalités? Hélas! elle était victime de la fatalité des caractères!

Et tandis que la nuit se complétait peu à peu et que Grenade s'enfonçait dans le silence, que quelques murs de porcelaine blanche apparaissaient, seuls, qu'une sonnerie de bronze tombait dans l'air vide, lourde, lente, sonore, comme d'un vaisseau d'airain fêlé, Constance songeait qu'il en serait toujours ainsi pour elle. Elle demeurerait au-dessus de la vie, elle n'y entrerait jamais, elle ne s'y livrerait pas, elle ne connaîtrait pas la joie d'être roulée par ses émotions profondes. Elle la verrait toujours de loin, dans une sorte de demi-rêve, moins captive d'un devoir peut-être que de l'hostilité humaine, mais de plus en plus solitaire et désillusionnée, à mesure que sur elle viendrait l'âge, comme les ténèbres sur Grenade!

XI

L'ANNÉE passa sans rien modifier des sentiments essentiels de ces trois êtres. Chacun d'eux demeura enfermé en soi-même, muré dans son silence, ruminant les thèmes monotones de sa vie intérieure. Mais ce fut Constance qui s'enfonça surtout dans sa douloureuse stagnation. Un mouvement impérieux entraînait Hugues Pradelle vers la joie et vers l'action ; Armand Vautier, par contre, bien qu'en proie aux grands rêves féeriques des poitrinaires, se sentait implacablement attiré par les eaux souterraines de la Mort.

Les saisons suivirent leur cours mécanique, opposant la joyeuse insouciance de la Nature aux tourments renouvelés de ces pauvres enfants. Dans le bois de Grenade, sous des voûtes d'oiseaux, Constance reconnut sans bonheur les signes précurseurs du printemps. Un soir, elle faillit défaillir, sur une terrasse du Généraliffe, parce que les vapeurs alourdies, qui s'échappaient de tant de magnolias ouverts, dégageaient une volupté presque insoutenable et qu'il lui aurait fallu, pour supporter ces promesses heureuses, la présence de son ami. Pour éviter les tentations stériles, elle s'enferma, dès lors, dans la villa, se condamnant à des besognes ingrates, étudiant le grec et le latin, sous la direction de son frère. L'anémie la rongea, elle maigrit, perdit l'éclat de son teint, qui devint jaunâtre et terne. Et ses beaux yeux fiers prirent une expression souffrante et vaincue. Ils ne défiaient plus la vie avec audace, avec confiance : humiliés déjà, déçus, ils la guettaient.

Il n'y eut pas d'opposition, cette année-là, entre l'été et l'automne, mais au cœur même de la chaleur, de l'abondance, octobre s'insinua, comme la ciguë dans les veines du condamné. Tout paraissait encore éclatant, robuste, plein de vie ; en réalité, tout était frappé à mort. Les riches couleurs qui peignaient les jours étaient celles de la fièvre ; la beauté de la Nature, le masque de son agonie !

Ce fut dans cet embrasement des formes vivantes que Constance reçut la lettre par laquelle Hugues lui annonçait son retour. Elle la lut au bord de la pièce d'eau. Elle voulut se lever. Ses genoux tremblaient. Elle fut contrainte de se rasseoir. Elle ne savait pas si elle devait se réjouir ou non. Elle prévoyait seulement qu'elle aurait à lutter, et elle n'en avait plus envie. Elle était si lasse !

Quelques jours après, Pradelle annonçait qu'il était descendu dans un des hôtels du parc et demandait à Constance de venir l'y trouver. Elle s'y rendit à la fin d'une après-midi pluvieuse.

Il marchait à grands pas dans sa chambre, quand elle y entra. Il s'arrêta soudain et la regarda avec anxiété ; il la trouva vieillie et comme éteinte ; par contre, elle demeura frappée de son expression d'extrême jeunesse.

« Il n'a pas souffert », se dit-elle, avec mélancolie.

Il s'avança et lui prit les mains :

— Constance, je suis si ému, si troublé de vous revoir...

Elle tremblait légèrement ; il tournait autour d'elle, il ne savait que lui dire, son émotion était surtout faite de sa gêne à s'exprimer, car, au fond, il s'étonnait de sa propre froideur. Pour elle, son bouleversement était si grand qu'elle eût été bien en peine d'exprimer ce qu'elle ressentait ; peur, attendrissement, méfiance, bonheur, désespoir, se mêlaient en elle et passaient successivement sur son âme comme des nuages de nuances différentes sur un étang.

— Vous avez fait bon voyage ? dit-elle.

— J'ai terriblement mal dormi. Ces trains sont si peu confortables ! Mais j'éprouve à revoir Grenade un plaisir extraordinaire...

Elle attendit une phrase plus émue ; il ajouta :

— Ce pays a une couleur admirable.

Il ne vit pas sa déception et lui demanda tout de suite :

— Armand sait-il que je suis à Grenade ?

— Je ne le lui ai pas dit.

— Il vous aurait défendu de me voir, je pense ?

Elle répondit douloureusement :

— Hugues, je vous en prie, ne revenons pas là-dessus ! Avez-vous oublié lequel de vous deux a mis le feu aux poudres ?

— Lui, je pense !

— Hugues, vous n'êtes pas ici pour que nous recommencions ces sottes querelles...

Elle faillit dire : « Ma vue ne vous inspire-t-elle que le souvenir de votre rancune contre Armand ? » Mais elle traduisit différemment sa pensée :

— En vous voyant, il me semble que les beaux jours vont revenir !

Pradelle parut gêné.

— Ils pourraient revenir, en effet, si vous le vouliez, si...

Elle n'osa l'interroger, si ce n'est du regard, mais ses yeux, à lui, refusèrent de répondre. Maintenant qu'il la reconnaissait, le premier moment de surprise écoulé, il éprouvait une subtile allégresse. Il avait tant redouté cette première entrevue, après cette absence d'une année, après les erreurs de cette correspondance incertaine, boiteuse, toujours gauchie par la fausseté de leur situation mutuelle ! Mais il lui semblait bien en ce moment que Constance pourrait lui donner le bonheur qu'il attendait d'elle et dont l'impatience le tourmentait de plus en plus. De nouveau, ses mains avides pourraient, tout à leur aise, saccager les roses de la treille, de nouveau ses jours, sur un fleuve pur, porteraient une barque d'or ! Son imagination fermentait déjà, lui représentait les scènes les plus tendres, les plus émues. Le trouble sensuel, qui se mêlait à sa contemplation, lui rendit sa tendresse, il s'approcha de la jeune fille, il lui prit la main :

— Il me semble renaître depuis que je vous vois !

Il alla à la fenêtre, l'ouvrit toute grande, montra la plaine rousse qui s'étalait dans la lumière déclinante, comme une bête heureuse qui s'enfonce en son pâturage, et y broute, et s'y prélasse. Quelque chose de lourd et de suave traînait sur cette terre couleur de nèfle, sur les rudes pentes des montagnes, perdues dans l'or dissous.

— Est-ce vous, Constance ? Est-ce le même pays ? Il me semble qu'ici je vais enfin trouver ma vérité. Que de fois, là-bas, dans mon appartement de la rue Bonaparte, regardant en face de moi une prison pareille à la mienne, ai-je revu ce paysage que j'admirais avec vous. Il me semblait que c'était fini, que jamais je ne retrouverais cette liberté, cette lumière, cet horizon, ni vous, Constance. Quel cauchemar !

Puis se rapprochant d'elle avec exaltation :

— Mais, dit-il, aurez-vous le courage d'être heureuse ? Vous êtes si faible dans la vie, si timorée !

— Si vous me demandez d'être heureuse contre ma conscience, vous avez raison, Hugues, cela me serait impossible.

— Et qui parle de conscience ? fit-il avec emportement. Avec vous, on a toujours l'impression qu'on va vous conduire à un crime. Non, amie, je n'ai pas de si noirs desseins !

Elle lui dit qu'elle ne pouvait rester davantage, qu'Armand l'attendait. Alors seulement il l'embrassa ; et quand elle sentit ses lèvres sur sa bouche, elle éprouva une émotion extraordinaire, si intense que cinq minutes après, en traversant le hall de l'hôtel, elle titubait presque.

Elle remonta à pas lents le chemin sinueux qui la ramenait aux *Delicias*. Elle luttait à la fois contre l'émotion physique qui l'énervait encore et contre l'angoisse morale qui pesait sur elle, accrue par ces grandes ombres, qui montaient lentement dans la forêt et, courant plus vite qu'elle, la devançaient à chaque carrefour. Qu'y avait-il dans les paroles de Pradelle qui l'inquiétât à ce point ? Elle se trouvait devant elles, comme devant les hiéroglyphes d'une stèle.

Elle s'efforçait de se dominer, de calmer son affolement. Hugues n'avait rien dit qui pût l'épouvanter, mais elle avait senti dans l'atmosphère qui s'était, pour ainsi dire, épaissie autour de lui, quelque chose de sournois, d'hostile, d'ambigu. Tous les raisonnements du monde n'y changeaient rien : au fond de sa chair, criait sa conviction dans un danger inconnu. Elle s'étonnait aussi du peu de paroles tendres qu'ils eussent échangées ; à la façon des vraies jeunes filles, elle se représentait l'amour comme un échange incessant de déclarations passionnées, une conversation de rossignols. Après cette longue année d'absence, si ce n'était pas la passion qui le ramenait à elle, qu'était-ce donc ? Et pourquoi ce soupçon absurde que ce pouvait être autre chose ? Elle songeait, malgré elle, à d'âpres formules d'Armand : « Entre deux êtres qui s'aiment, même au plus fort de leur délire, l'amour n'entre jamais que dans une bien faible proportion », ou encore : « On croit qu'on vit pour autrui quand on a besoin d'autrui pour vivre ». Ces aphorismes la glaçaient autant que l'ombre humide, qui développait d'arbre en arbre sa tremblante toile d'araignée.

Elle pensait si vite qu'elle arriva aux *Delicias* presque désespérée. De quoi ? N'avait-elle pas vu Hugues Pradelle, son grand, son unique amour ? Mais alors d'où venait ce désespoir profond qui lui donnait appétit de la mort ?

Sa figure laissait paraître un état si anormal que Vautier s'en aperçut :

— Qu'as-tu, Constance ? dit-il. Tu es souffrante ?

— Mais non, Armand, je me porte admirablement !

— Pourtant, tu as quelque chose d'extraordinaire. Tu as eu peur ? On dirait que tu es troublée. Où étais-tu ?

— Dans le jardin.

— Si tard ?

Il la scrutait, et le soupçon qu'il avait dans l'esprit, elle le sentait passer sur elle, l'effleurer péniblement.

— J'ai tort, dit-il enfin, de te condamner à cette solitude. Cela te rendra malade à ton tour.

Mais son éternel besoin de comédie lui fit corriger son bon mouvement :

— D'ailleurs, conclut-il, il n'y en a plus pour longtemps.

Et il parla d'autre chose.

XII

Comme l'année précédente, ils se retrouvèrent au seuil du Généraliffe, mais cette fois-ci, le matin, un matin doux et brumeux.

Le même vieux gardien examina leurs papiers, et ils entrèrent dans cette longue allée rectiligne, dont les cyprès, comme des introducteurs funèbres, vous conduisent au cœur de l'antique jardin scellé.

Il avait plu de bonne heure. Une poussière d'or, venue de la cime des cieux, refoulait lentement les nuages, et des rayons rapides couraient sur la colline, à mesure que l'ouverture s'élargissait. Les arbres s'égouttaient. Des flaques d'eau, dans leurs miroirs brisés, enfermaient des fragments d'images, une guêpe volait de-ci, de-là, et l'on entendait venir des arbres la rumeur contradictoire des oiseaux.

Comme ils traversaient le *patio de los Cipreses*, dont les eaux semblaient plus noires qu'un affluent du Styx, Hugues dit soudain :

— Depuis un an, Constance, je ne sais rien de vous. Vos lettres sont comme ces étoffes mouillées, dont on enveloppe une

statue de glaise. J'ai rarement entrevu leur sens véritable. Je ne
pouvais plus supporter une telle incertitude.

— Quelle incertitude ? Me croyez-vous perfide et changeante ?
Telle j'étais il y a un an, telle je suis aujourd'hui, telle je serai
demain.

Pradelle parut gêné par cette réponse :

— J'avais besoin de vous l'entendre dire.

— Etait-ce bien nécessaire ?

Ils s'étaient assis sur le même banc que l'autre année, à la
même place, devant le même horizon spacieux. Leur esprit,
sensible à l'ouvrage du Temps, s'étonnait que rien, dans ce
paysage, ne révélât l'écoulement des jours ; depuis les montagnes
massives qui le fermaient jusqu'aux fleurs qui s'ouvraient dans les
parterres, tout témoignait de la même force de permanence. Mais
eux, dans leur incessante fluidité, que retrouveraient-ils de leurs
sentiments d'antan ?

— J'ai cru, Constance, au moment de ma rupture avec
votre frère, que vous reviendriez sur votre décision de ne pas le
quitter. J'ai dû m'avouer par la suite que vous vous passiez fort
bien de moi. Cette pensée m'a été extrêmement pénible...

— Ma vie ne l'a pas moins été, mais vous m'avez demandé
de tout abandonner pour vous suivre, sans vouloir tenir compte
de mon affection pour Armand, ni surtout de mes devoirs ! Mon
frère est entièrement seul et presque condamné.

— Quand on aime quelqu'un, on est toujours seule pour lui.
Est-ce que dans un sentiment véritable, on peut partager ainsi
son cœur, comme une pomme : « Ça, c'est la moitié de Pierre ;
ça, la moitié de Jean ? » Non, la vérité, c'est que Vautier vous a
desséché le cœur !

Constance le regarda avec tristesse :

— Vous ne lui pardonnerez donc jamais votre ancienne admiration ?

Le mal dont souffrait Pradelle l'empoisonnait à tel point qu'il
n'eut pas la force de se dominer et qu'il s'emporta aussitôt :

— A cause de lui, nous avons perdu des années, mes amis et
moi, dans des recherches inutiles. Il nous a trompés, il nous
a engagés dans une fausse voie. Sa pensée est comme le flot de
sépia que sécrète la seiche ; elle noircit tout autour de lui. Il

aurait fini par troubler pour nous l'azur même du ciel!... Oui, sans ses conseils pernicieux, nous aurions découvert plus tôt la vérité!

— Vous croyez donc qu'il y a en art une vérité absolue, éternelle, une vérité que l'on distingue avec ses yeux mortels?

— En doutez-vous?

Dans l'instant qu'il parlait ainsi, elle le regardait avec une amoureuse complaisance. La vue de sa tempe délicate, de sa joue presque lisse, de son cou de jeune fille, lui donnait une émotion tendre et troublée. Elle songeait à l'animation que cet être câlin et spontané avait mise dans sa vie. Pourquoi voulait-il un rôle qui n'était pas fait pour lui? Jamais il ne lui avait paru aussi éloigné d'elle.

— Hugues, dit-elle doucement, ne revenons pas sur ces vaines querelles. Nous n'avons que peu d'instants, je pense, à passer ensemble ; ne les assombrissons pas inutilement. Je suis si heureuse de vous avoir auprès de moi! Que de fois suis-je venue seule, ici! Il me semblait toujours que j'allais vous retrouver à cette place. A force d'y penser à vous, je voyais une ombre là où vous êtes, une ombre qui avait la forme de votre corps!

— A Paris, Constance, je n'étais pas moins désolé. Je vivais au milieu de mes souvenirs, et tous ces souvenirs me faisaient mal. Parfois, à la chute du jour, je sortais pour me fuir moi-même. Je souffrais tant que j'entrais n'importe où, dans un restaurant, dans un bar, et que je causais avec le premier venu, afin de ne plus m'écouter et d'entendre une voix humaine!

Elle ne put s'empêcher de sourire. Pauvre enfant qui jouait à souffrir et qui ne savait pas les règles du jeu! Son masque, en cet instant, le révélait entièrement, et cette lèvre longue qui va bouder, et ce regard qui veut être sévère... Elle l'aimait plus que jamais, d'une tendresse immense et forte, mais pour la première fois, elle en comprit la raison.

— Regardez ce papillon, dit Hugues, est-il joli!

Il s'en allait d'un vol un peu lourd, portant au bord de ses ailes de pourpre des carrés blancs, encadrés de noir. Il sortait du matin d'automne, comme le fragile fantôme de l'été, qui veut revoir, avant de mourir, les lieux où il a répandu sa splendeur. Il parut se ranimer en traversant un rayon et disparut derrière une haie. On entendait le clapotis de deux jets d'eau, retombant dans la même vasque, et le grondement plein de saccades d'un canal engorgé. Dans la lumière affaiblie, les asters, les balsamines, les ageratums semblaient ces pelotons de laine multicolore, avec lesquels un brodeur mystérieux allait exécuter la fresque d'étoffe, où Pomone danserait son ballet mythologique.

Ces images parlaient toutes d'un bonheur qui ne sera pas durable, d'un plaisir sans lendemain. Hugues y puisa de la force à parler :

— Je ne suis venu à Grenade que pour faire auprès de vous une dernière tentative. Nous laissons passer dans l'attente nos plus belles années, Constance ! Qui sait ce que demain nous réserve ? La jeunesse passe si vite ! Grâce à vous, la mienne s'écoule dans l'impatience, la solitude et l'abandon.

— Je ne suis pas seule à en être responsable, fit Constance, en baissant la tête.

Elle ajouta, après un court silence :

— Qui vous force à ce supplice ? Il cessera quand vous voudrez !

— Oui, quand je consentirai à devenir un infirmier moi-même et à vous aider à soigner Armand, ce détraqué, qui me hait, qui envie ma jeunesse et ma santé et qui vous isole pour mieux vous tyranniser ! Eh bien, non, Constance, cette situation a trop duré ; il faut choisir : ou votre frère ou moi !

Elle comprit qu'elle allait perdre Hugues à jamais, et son cœur se serra. Le souvenir lui vint, elle ne sut pourquoi, d'un chat qui, tombé d'un étage, les reins brisés, se contractait pour mourir, au milieu d'efforts immenses, entouré d'une foule gouailleuse où nul ne songeait à lui porter secours. Elle chassa cette image atroce et se raidit :

— Vous savez bien, dit-elle sourdement, que je n'ai pas le droit de choisir.

— Je ne peux pas attendre plus longtemps le bonheur auquel j'ai droit. Constance, en ce moment, vous décidez pour toujours de votre vie !

Elle démêla dans ses propos quelque chose de tortueux et de louche, une odeur de mensonge. Elle soupçonna la vérité.

— Si je n'ai pas le courage de me décider en votre faveur, vous êtes donc sûr d'être heureux quand même... ailleurs ?

Il rougit et se troubla.

— Je n'ai pas dit cela!

— Mais vous le pensez, Hugues! Vous avez donc fait un projet, un rêve, et si je refuse de vous épouser, vous avez un autre bonheur, tout prêt? Et vous osez me parler de votre amour!

— Je vous dois la vérité, Constance. Dieu m'est témoin que mon plus cher désir est de vous rendre heureuse! C'est vous, vous seule qui ne voulez pas me comprendre et qui gâchez votre vie à plaisir! Mais moi, je ne peux pas perdre ainsi ma jeunesse, me consumer dans la solitude et une attente chaque jour plus vaine. Il me faut une tendresse, une société féminine, il me faut...

— Qui est-ce? dit durement Constance.

— Personne encore. Mais j'ai une amie, une amie qui me comprend, qui me plaint, qui me console, qui compatit à mon chagrin, une amie dévouée...

Constance entrevit le travail secret de la perfide. Elle eut une moue de dégoût.

— Qui est-ce? répéta-t-elle.

— Oh! vous la connaissez bien! C'est Emma Bergevin.

Constance avait rencontré en effet la sœur de ce Bergevin, le meilleur ami de Vautier après Pradelle, celui qu'il avait voulu appeler à Grenade. Elle se souvint d'une personne frêle et brune, si longue que lorsqu'elle quittait un siège, elle avait toujours l'air de se déplier, — une couleuvre!

— Ainsi, vous allez épouser Emma Bergevin.

— Moi, jamais de la vie! Je vous dis seulement que j'ai quelque part une amie assez fidèle pour compatir à ma tristesse et à qui je demanderai un appui, puisque vous me refusez le vôtre, et cette tendresse qui me manque de plus en plus!

— Rentrons, fit Constance d'une voix blanche. Voici longtemps que je suis sortie. Armand doit s'inquiéter.

Ils descendirent vers le parc. La jeune fille n'écoutait plus ce que disait son compagnon.

« Armand a raison, pensait-elle. Ce n'est rien qu'un enfant, un gentil et cruel étourneau. Ni cœur encore, ni cervelle. Tout cela viendra peut-être. Il ne sait ni aimer, ni souffrir, ni vivre. Un gamin lâché dans un verger... Tant pis pour les rameaux en fleurs! »

— M'en voulez-vous ? dit-il, en remarquant son silence.

Elle montra un vaste châtaignier, qui avait poussé vers la lumière, farouche, entêté, écartant ses bras, refoulant les branches voisines, et au pied duquel végétaient, tordus vers une échappée d'azur, quelques arbustes chétifs.

— Non, dit-elle, a-t-on du ressentiment contre cet arbre ?

Il ne la comprit pas et sourit de son sourire délicieux et vain.

— A demain, dit-il. Viendrez-vous me chercher à l'hôtel, à la même heure ? Nous irons à l'Alhambra.

— Certainement !

Elle le quitta. Un froid cruel glissait dans ses veines. Elle monta dans sa chambre, sans voir Armand, et s'abandonna avec docilité à une sorte d'agonie. Tout mourait en elle de ce qui avait couleur, lumière, harmonie. Il ne demeurait plus devant ses yeux que le sépulcre de ces longues années austères, auxquelles succéderait l'irrémédiable solitude. Parfois, des révoltes la bouleversaient encore, le cri de détresse de sa chair avide. Puis le rideau funèbre retombait et la couvrait de ses plis angoissants. Elle demeura ainsi jusqu'au soir, prétextant une migraine pour ne pas descendre.

Ce fut une nuit d'insomnie, comme après la déclaration de Pradelle. Le court bonheur de Constance avait tenu entre ces deux suites, si différentes, de ténèbres.

Au matin, brisée de fatigue, elle s'enfonça dans des cauchemars, dont elle se réveilla en larmes. A midi, elle écrivit à Hugues Pradelle un court billet pour lui dire de ne pas l'attendre, ni aujourd'hui, ni demain : « Partez, partez sans me revoir. Soyez heureux, puisque vous croyez qu'on peut séparer le bonheur de l'amour ou que toute femme a en elle de quoi donner la même ivresse. Il vaut mieux qu'il en soit d'ailleurs ainsi. Nous ne nous serions peut-être pas compris... »

Après lui avoir adressé cet adieu, elle attendit obscurément quelque miracle, un retour de Pradelle, désolé de cette rupture. Mais par des bavardages du maître d'hôtel, elle apprit qu'il s'en était allé le jour même. Et dans l'obscure forêt du monde, il n'y eut plus même pour elle cette petite veilleuse, qui lui indiquait encore un bout de chemin !

XIII

Quelques mois après, un soir pluvieux de printemps, Armand, qui n'avait pas quitté sa chambre depuis le matin, pria sa sœur de monter le voir.

Il leur arrivait maintenant de passer des semaines entières sans échanger d'autres paroles que les indispensables dialogues, relatifs aux réalités quotidiennes. Et dans le vide de leur vie extérieure, leurs pensées devenaient si sonores qu'elles les empêchaient d'entendre le silence environnant.

Aussi Constance fut-elle surprise de la prière de son frère. Elle le trouva assis sur son lit, le visage enflammé, griffonnant en hâte quelques notes sur un calepin.

— Tu souffres ? dit-elle, en entrant.

— J'ai plus de température que d'habitude, fit-il, et je suis très oppressé, mais ce n'est pas pour cela que je t'ai appelée. Non, je voudrais causer avec toi de diverses choses, car peut-être bientôt sera-t-il trop tard.

Elle essaya de le détourner de ses idées noires, mais il objecta avec tranquillité :

— Il y a un an, à pareille époque, je me portais mieux. Mon état s'aggrave chaque jour. Je n'ai aucune espérance à garder.

Il ajouta en souriant :

— J'ai dit souvent cette phrase sans y croire, mais aujourd'hui, je suis sincère, — tout à fait sincère... Eh bien ! je voudrais ne pas mourir sans t'avoir confié certaines pensées qui me préoccupent...

Et comme elle s'asseyait près de lui, il prit une de ses mains et lui dit :

— Je crois que j'ai eu des torts envers toi, Constance. On ne mesure jamais tout à fait ses torts, mais j'ai été coupable en t'empêchant de te marier. J'ai pu imaginer un moment que ton intérêt et le mien se confondaient et me mal conduire avec une bonne foi relative. Je vois mieux les choses aujourd'hui...

Il se recueillit un instant, puis il continua sa confession qui, comme toutes les confessions, n'était pas entièrement sincère.

— J'ai peur que tu n'aies plus souffert que tu ne l'as jamais avoué de ta rupture avec Hugues. Peut-être l'as-tu aimé plus que tu ne l'as cru...

La main de Constance tremblait un peu.

— Ne parlons plus de cela, dit-elle.

— Pardonne-moi d'y revenir, — et pardonne-moi de m'être si lourdement trompé ! Mais la psychologie n'est pas une science exacte, et je l'ai toujours un peu envisagée comme une géométrie de l'âme. Des théorèmes et des axiomes, n'en déplaise à Spinoza, ne résolvent pas les problèmes humains. Au fond, Constance, j'ai toujours péché par misanthropie, et si je veux te révéler, ce soir, quelques-unes de mes erreurs, c'est pour te mettre en garde contre elles. Je nie d'abord que ma maladie soit la cause unique de mes vices spirituels. Même sain, je n'eusse pas aimé l'humanité. Car l'humanité m'a toujours caché l'Homme. Les Barbaresques masquent Cervantès à mes yeux, les huissiers, Balzac. Je n'apprécie pas les animaux inférieurs. Mon premier mouvement a toujours été de m'isoler. La maladie m'a prodigieusement aidé à cela. L'intelligence aussi...

Il s'interrompit pour tousser. Constance le supplia de ne pas se fatiguer. Mais il hochait la tête ; il voulait s'expliquer une fois pour toutes.

— C'est par misanthropie que j'ai gâché ta vie. C'est aussi par rancune contre l'amour. Laisse-moi insister ici, Constance, sur un souvenir peut-être pénible. Tu as su que j'avais été très amoureux, pendant un de mes séjours à Sils-Maria, quand tu étais encore au couvent. Je l'étais d'une Florentine fort belle et assez malheureuse avec son mari. Je l'ai longtemps considérée comme une femme perfide et coquette, qui se riait de moi et jouait à me faire souffrir. Mais, depuis un an, la vérité m'apparaît peu à peu. Je ne l'ai crue telle que parce que j'avais à mon insu une idée toute faite de l'amant romantique... En réalité, Giulietta était timide, scrupuleuse et maladroite. L'indécision peut avoir l'air de la perversité, et une certaine froideur naturelle, de la cruauté. Je me trompai donc entièrement sur nous deux, et je fis tout ce qui était humainement possible pour me rendre très malheureux et pour torturer ma pauvre amie... Après quoi, nous nous quittâmes, et je me mis à détester l'amour, que je croyais responsable des erreurs que j'avais commises moi-même. Ma rancune fut longue et tenace. Malheureusement, elle s'exerça contre toi...

— Armand, dit Constance, je ne te comprends guère. Si je n'ai pas épousé Hugues, c'est par sa faute. Il voulait me forcer à rompre avec toi.

— Tu as peut-être raison, dit Vautier.

Dans la grande forêt de cette action, tant de chemins divers parcouraient les ténèbres qu'il n'en reconnaissait plus lui-même l'exacte topographie. Qui avait empêché Constance de se marier ? Etait-ce lui ou non ?

— En tout cas, dit-il, c'est mon absolutisme qui a amené cette rupture.

— En es-tu sûr ? Hugues était jaloux, ton influence sur moi lui portait ombrage. Je crois qu'il manquait de générosité. Il arrive qu'on ait de la peine à garder longtemps ses admirations.

— Lui aussi, dans l'irritation de sa jeunesse, a souffert malaisément ma misanthropie, mon éloignement de l'amour. A ses camarades et à lui-même, qui voulaient porter la main sur la pulpe d'un beau fruit, sur le satin d'une rose, j'offrais un fameux fagot d'épines ! Ils s'en sont vengés aussitôt qu'ils l'ont pu, c'est-à-dire, dès leur clairvoyance !

Il se tut un moment, songeant aux camarades, aux disciples, qu'il avait eus jadis et qui, tous, l'avaient abandonné :

— J'ai souvent pensé, dit-il enfin, à cette parole de Léopardi : « Aucun ami ne reste à la longue à celui qui est las de la terre ! » Mais en suis-je las ? Même aujourd'hui où je touche à l'épilogue, puis-je dire que je ne l'aime pas ? Que m'ont donc reproché Pradelle et Bergevin, sinon leur propre bassesse ? Ils ont renié le choix que j'ai voulu faire, parce qu'ils craignaient de me voir les blâmer du leur. Le fait seul de nommer Hélène ou Nitaqrît, déjà, portait à mes narines le vent d'une chevelure, mais eux-mêmes, que cherchaient-ils, sinon épuiser leur désir sur une chair esclave ?

Il s'enfonçait de plus en plus dans sa méditation, tâtonnant à travers soi-même. Quatre bougies brûlaient dans sa chambre, qui attiraient les insectes du soir. D'un bouquetier sortait, à demi enfermé dans sa carapace de feuilles, un magnolia ouvert, dont les pétales charnus prenaient des tons de rouille. L'air tiède du printemps allait, de-ci, de-là, soulevant une page, jouant avec le rideau, traversant les cheveux d'Armand, comme le souffle d'une Fileuse, qui se fût assise derrière lui. Constance n'osait interrompre son frère, ni répondre à ses questions. Elle entrevoyait, aux dernières lueurs de son intelligence, la grandeur qu'il portait en lui et dont elle avait douté souvent depuis le passage de Pradelle.

— En ne livrant ma pensée que sous la forme d'essence, en pillant cent roses pour obtenir une goutte de parfum, n'ai-je pas augmenté davantage le prix du monde qu'en vendant comme eux des fleurs artificielles, même les mieux imitées ? Voilà les deux doctrines qui divisent les artistes, je pense, depuis qu'il y a un art. Pour moi, je ne crois pas à grand'chose, et je ne sais pas où je vais, mais je ne doute pas d'avoir eu raison dans mes préférences. Ici encore, mon caractère et ma maladie se sont trouvés d'accord. Qu'eussé-je fait, s'il m'avait fallu courir d'expérience en expérience, à la recherche de ces écailles d'huîtres que l'on veut ensuite monter en broche ? Mais, caché dans un coin et pendant des années, j'ai pu tisser ma toile, avec l'espoir d'y prendre un jour un rayon de lune ou de soleil ! Constance, tu vois bien que j'ai raison, puisque je n'ai pas de regrets ! Pas

un regret, entends-tu! Ils me rendent justice, cependant, quand
ils disent que je n'aime pas la vie, du moins telle qu'elle
apparaît aux autres, à un Pradelle, à un Bergevin, à un Carcès,
qui sont devenus des sectaires du fait-divers! J'ai fait de la
mienne une danseuse et, sur son corps, disposé moi-même les
sept voiles !

Il s'exaltait de plus en plus, en proie à la fièvre, et en même
temps, à une sorte de bonheur, qui donnait à son imagination
de soudaines phosphorescences. Il se délivrait de longs mois de
solitude et de silence, par ces demi-aveux, qui ne révélaient pas
toute sa vie intérieure, mais qui, en quelque sorte, indiquaient
les distances spirituelles parcourues par sa pensée.

— Constance, dit-il, je te dois toutes les joies de ma vie.
Comprends-tu que je les aie chèrement défendues ? Je n'ai rien
eu de meilleur que nos longues conversations d'autrefois. Tu
étais ma sœur, et il me semblait causer avec un démon familier,
qui eût un visage de femme. Te souviens-tu de ce soir à Paris
où, en revenant du Bois, tu m'avouas quelques-unes de tes
secrètes pensées ? Je compris, ce soir-là, que mon démon familier
avait pris forme! Aussi n'ai-je pas pu me résoudre à t'abandonner
à un Pradelle. J'en suis puni par mon inquiétude! Je vais mourir,
et à qui te laisserai-je ?

Elle l'écoutait avec stupeur, il revenait si souvent sur ses
torts envers elle qu'elle les cherchait à son tour. Mais elle
ne distinguait aucune circonstance où Armand l'eût pu desser-
vir. Elle attribua donc à un demi-délire cette passion de responsabilité. Hugues seul, lui semblait-il, portait le poids de
son naufrage.

Par moments, les yeux d'Armand se fermaient à demi, il
reposait sa tête livide sur les oreillers, il semblait s'assoupir, il
prononçait des paroles plus vagues sur un ton plus bas :

— Maintenant, Constance, il importe que tu sois heureuse. L'ai-je été moi-même ? Mais qui l'est ?... Le bonheur,
un état neutre, un effacement des angles de la vie, l'usure du
porphyre dans le masque du vieux sphinx... Non, Constance,
méprise celui-là! Ce qu'il faut, c'est une interrogation ardente,
l'éclat de la nécessité, le visage humain, terrible, suave, condamné, avec ses rides, ses verrues, mais aussi ses yeux, où l'âme

luit tout au fond de la prunelle, comme l'eau du ciel dans un puits... Mais le bonheur n'est pas l'art. J'ai choisi l'art : une longue souffrance...

Maintenant, ce n'était plus qu'un murmure :

— Un peu de vie, un peu de génie... Beaucoup d'irréalisation... Ils ont oublié ces colloques émouvants, rue Lacépède. Ils croyaient en moi alors! Qu'il est difficile de suivre un être humain! Toujours il échappe, il se rebiffe, il se cabre! Il ferme lui-même sa propre existence, puis, au cachot, il se plaint de la solitude...

Constance, penchée sur lui, écoutait ses paroles. Jamais elle n'eût pensé que la rupture de Pradelle, suivie de l'abandon de Bergevin et de leurs amis, eût à ce point crucifié son frère ; il n'en avait dit mot jusque-là.

— Un chemin étroit, fangeux, sous des arbres bas et moisis, une marche lente et pénible sous un ciel opaque, puis au sommet de la colline, un éclair soudain, jailli de la main même de Dieu, et à la lueur de cet éclair, toute une ville, une ville d'or et de roses, au bord d'un fleuve d'Orient. Et la nuit aussitôt... C'est toute ma vie... C'est la vie...

Il parut soudain se réveiller et s'adressa plus directement à sa sœur :

— Et maintenant que je te laisse, Constance, il faut vivre! Secoue les cendres du passé et tâche de renaître! Je voudrais en mourant purger ton esprit de toute misanthropie, de tout scepticisme. Tu vois bien que j'ai aimé, non la vie, mais *ma* vie. Aime la tienne. Mon démon familier, je ne meurs pas tout à fait, puisque je laisse une image dans ton esprit. Ce sera mon plus beau poème... Ces derniers mois, nous étions bien éloignés l'un de l'autre. L'ombre de Pradelle demeurait entre nous. Où que l'on soit, il suffit de la présence d'un imbécile pour tout gâter. Et puis, j'osais à peine te communiquer mes pensées. Elles étaient si sombres! Mais écoute-moi, Constance, j'ai encore à te dire mon dernier secret... Lorsque j'étais amoureux de Giulietta, je demandais à...

Il avait dû s'interrompre, à tout moment, pour tousser. La potion, qui reposait à portée de sa main, ne le calmait plus depuis une demi-heure, mais au milieu de ses quintes, il s'obstinait à

parler. Cette fois, il dut se taire. Il eut à peine la force de mur-
murer :

— Demain, Constance, je te dirai la suite...

Mais le lendemain, il retomba dans son silence habituel ;
sa sœur n'osa pas lui rappeler sa promesse, et, quelques jours
après, à la suite d'une hémoptysie foudroyante, il entrait en
agonie.

XIV

QUAND Armand Vautier fut mort, Constance s'étonna d'abord qu'un sentiment de liberté, subtil, insidieux, détestable, se trouvât impliqué en quelque sorte dans sa douleur. Elle en fut honteuse, parce qu'elle ignorait encore qu'il céderait bientôt toute place à la nostalgie de ce passé, où elle avait eu la joie de connaître une servitude. Elle ne savait pas davantage que cette impression presque physique de délivrance ne constituait qu'une phase de la lutte contre la souffrance, une manière de se défendre, et que le chagrin l'envahirait bientôt tout entière, lorsqu'elle ne trouverait plus en lui cet élément de pathétique, qui est presque encore une distraction. Il lui restait des remords, des scrupules, comme Armand l'avait prophétisé, jeux de l'esprit, en somme, de quoi l'animer, la faire vivre, en attendant qu'elle s'abandonnât à cet immense rongement sans but, que serait sa vie nouvelle, sa vie dépouillée.

Armand ne se souciait d'aucune coquetterie posthume ; l'endroit où il était tombé lui semblait tout aussi bon qu'un autre à abriter ses os. Il avait jugé inutile d'obliger sa sœur à une

promenade fastidieuse en leur compagnie. Cet homme, si égoïste de son vivant, redevenait dans la mort fort respectueux d'autrui. Il attendait sa survie d'autre chose que d'un impôt levé sur ses contemporains.

Cette survie venait, d'ailleurs ; il semblait que la présence d'Armand, sa personne physique, fussent une matière compacte, interposée entre la lumière et lui. L'écran écarté, la gloire inondait la place de ce corps disparu.

Les générations passent vite ; celle qui naissait à la conscience lisait en son œuvre une des leçons qu'elle attendait. Le lâche renoncement de ses prédécesseurs les plus proches augmentait sa ferveur. Elle avait besoin de l'exemple d'un Vautier, d'un homme qui, se développant dans la solitude et la maladie, insoucieux de ces apparences qui se font et se défont chaque matin (et qui ne prennent leur véritable substance que lorsque le temps en a fait un tissu historique), avait tiré de sa propre argile la glaise commune à tous les hommes. Elle aimait qu'il eût renié l'amour, souri des faux dieux d'une époque à la fois si incrédule et si mystique qu'elle montrait un enthousiasme de convulsionnaire pour chacune des idoles qu'elle romprait demain, tenté d'accorder en son âme ces contradictions véhémentes, qui sont un des secrets de notre être intime. Elle établit des théories et des classifications, avec les instincts très sûrs d'Armand Vautier ; elle voulut à son exemple devenir courageuse, stoïque, elle essaya de faire une place à la mort, de cohabiter avec elle : attitude qui se concilie avec la jeunesse, parce qu'elle se croit, — et qu'elle est, — loin du terme. Mais malgré son ardeur, cette pléiade de nouveaux venus n'eût pas suffi à hisser sur un pavois la Muse de Vautier ; la gloire est un événement mystérieux, inexplicable ; un feu qui s'allume à la fois sur tous les points d'une forêt. La poésie d'Armand Vautier attira à elle des âmes et des âmes. Il se forma autour d'elle une réunion des meilleurs esprits de ce temps, comme autour du cercueil ouvert d'un pape, ce concours énorme de fidèles, qui brille plus encore que tant de cierges !

Rentrée à Paris, Constance refusa de se prêter au rôle qu'on attendait d'elle ; elle se jugeait indigne de s'envelopper dans un des rayons ravis à l'apothéose du mort. Il lui déplaisait d'être traitée en Antigone. Elle ne croyait pas à l'excellence de sa vertu et reconnaissait seulement qu'elle avait eu quelque amour pour son frère, mais tant de torts aussi ! Oubliant l'écartèlement auquel l'avait condamnée le double jeu de Pradelle et d'Armand, elle ne se remémorait que ses injustices et ses négligences. Leur souvenir pesait sur elle. Ces longs jours où elle s'abandonnait à son dépit, où, maussade, hargneuse, détournée de lui, elle boudait Armand, revenaient à elle avec une patiente désolation. Elle le déplorait d'autant plus que cet immense respect, qui montait autour du disparu, exagérant et modifiant sa figure, donnait à la faveur de son intimité un prix inestimable et qu'elle n'avait pas jugé à sa valeur. Des jeunes gens, des journalistes, ayant à peine approché Vautier, publiaient avec piété le récit de cette rencontre, répétaient ses mots, ses aphorismes, des bouts mal retenus de sa conversation. Mais elle-même, au lieu d'apprécier le don précieux qu'Armand faisait de son esprit, que de fois avait-elle abandonné son frère avec aigreur pour s'isoler, gémir à son aise ou ruminer les griefs stériles qu'elle nourrissait à l'égard de l'univers.

Alors, comme pour réparer ses erreurs anciennes, elle devint la prêtresse d'un culte : culte à demi secret. Elle essaya d'orner sa vie avec les paillons que, dans son vol, le génie laisse tomber, mêlés à ses plumes. Elle eut la superstition des reliques, des vestiges qui nous rendent sensible ce qu'il y a de moins important dans la figure qui a cessé sa marche. Il est plus facile de baiser la phalangette tronquée d'un saint que de se représenter avec force l'intransigeance de son ascension ; il y a de la paresse dans le fétichisme. On n'est pas toujours à l'aise avec la pensée de Hugo ; on l'est toujours avec son porte-plume. Dans l'iconolâtrie de Constance, il entrait une part de trompe-l'œil. Peut-être, un instinct maternel insatisfait la dirigeait-il dans ces manifestations puériles ; peut-être ces humbles objets devenaient-ils les tuteurs, grâce auxquels elle faisait s'élever un désespoir moins grand qu'elle n'eût voulu.

La maison où elle avait vécu avec son frère devint un musée. Elle méditait de la laisser à l'Etat. Elle rassembla fidèlement les manuscrits, les éditions d'Armand Vautier. Elle collectionna ses lettres.

Ce fut alors qu'elle eut vent, par une indiscrétion, de cette correspondance échangée autrefois avec la Florentine dont il avait parlé. Elle désira la joindre à son dossier et se proposa de l'aller demander à cette dame, non sans une curiosité secrète de la voir. Giulietta — Mme Gravina — habitait Florence. Constance trouva une personne étourdie et musicale, non pas exactement fanée, mais qui donnait l'impression d'une grappe oubliée pendant la vendange encore juteuse et qui se flétrit cependant, qui se laisse tomber, qu'on ne cueillera plus. Elle parla de l'amour de Vautier avec l'impudeur pieuse d'une Italienne ; elle prononçait le mot *amore*, avec cette voix qui fait penser à tous les secrets de la volupté ; elle ne dit rien de ses sentiments à elle, qui ne semblaient pas avoir dépassé la simple coquetterie et qui étaient certainement plus pauvres encore que Vautier ne les avait jugés, en exagérant leur perfidie d'alors, leur naïveté ensuite. Elle l'appelait « cet intéressant malade », mais ne semblait soupçonner en rien la valeur intellectuelle de l'homme qui l'avait aimée. Constance y fit allusion. Elle sourit suavement :

— Oui, oui, je sais, on m'a dit que ses vers sont très beaux, mais pas assez amoureux, n'est-ce pas ?

On eût dit qu'elle lui en voulait de ne l'avoir pas nommée à chaque rime. Constance lui expliqua qu'au contraire toute cette œuvre était imprégnée de la souffrance de n'avoir pas mieux connu l'amour.

— Oui, oui, dit Mme Gravina, mais au fond, vous savez, il n'aimait pas l'amour. Oh ! je l'ai connu ! Non, il ne l'aimait pas... Il lui aurait fallu une femme qui l'eût admiré, compris, et aucune de celles qui l'eussent admiré et compris ne lui aurait paru assez pure, ni assez intelligente ! Est-on ainsi quand on aime l'Amour ? Je vous le demande...

Constance reconnut que cette folle devenait lucide, aussitôt qu'il s'agissait d'amour. Elle-même, d'ailleurs, éprouvait une grande confusion d'esprit. Elle essayait de reconnaître dans cette Mme Gravina, offerte à sa vue, la part de réalité qui avait inspiré l'œuvre de Vautier, détourné le cours de sa vie, et dont un dernier contre-coup, à l'en croire lui-même, avait contribué à sa rupture à elle, avec Hugues. Par quelle mystérieuse transposition une femme aussi bavarde, chatoyante et terre à terre avait-

elle été transformée en cet esprit capricieux et singulier, qui avait
plané sur le destin de Vautier ? Ces questions étaient trop nouvelles pour que Constance pût y répondre. Elle conserva cependant assez de sang-froid et présenta habilement sa requête.

La vanité de Mme Gravina aida à sa réussite. Elle ne fit pas
de difficultés pour se dessaisir de ses lettres, dont elle imaginait
romanesquement qu'un jour elles lui constitueraient une légende ;
légende dont elle aurait souri au temps de tout son éclat, mais qui,
maintenant que l'ombre allait la prendre, lui paraissait comme
une miraculeuse chance de perpétuer la grâce qui l'avait enve-
loppée.

Elle promit de donner la liasse à Mlle Vautier, avec des minau-
deries et d'aimables grimaces, puis soudain se troubla, rougit,
fit signe à Constance de se taire et murmura qu'elle lui enverrait
le tout, le lendemain. C'était qu'un jeune homme venait d'entrer,
vif, et gracieux, et d'une beauté sensuelle qui fut pénible à Constance, car elle lui rappelait invinciblement le souvenir de Pradelle.
Mme Gravina fit mille grâces au nouveau venu, mais boudeur,
hautain, trop jeune et trop beau, il était visible que celui-ci ne se
baisserait pas pour ramasser la grappe, qui s'empoussiérait
déjà.

Constance reçut, en effet, les lettres de son frère ; elle savait
qu'elles seraient publiées. Elle ne se fit donc aucun scrupule d'en
prendre connaissance. Il semble qu'un écrivain, en rompant,
pour exprimer sa vie intime, le pacte que fait tout être avec le
silence, se soit mis par là, volontairement, en dehors du cercle
de la délicatesse humaine. Tous les prétextes sont bons à ceux
qui le haïssent, et surtout à ceux qui l'aiment, pour violer sa
pudeur. Comme un dieu ou un criminel, il est livré à tous les
commentaires, à toutes les indiscrétions. Il ne vient pas une
seconde à la femme la plus réservée — à une Constance Vautier,
par exemple, — l'idée que toute une part de lui, du moins, a
droit à l'oubli !

A la lecture de cette correspondance, ce qui frappa le plus
Mlle Vautier ce fut l'idée que son frère s'était faite de Mme Gravina ; cette idée ne ressemblait en rien à la réalité. Armand avait
essayé de voir en elle l'être admirable dont il avait besoin et
qu'elle-même avait dépeint. Mais en même temps, à l'archange

qui fondait sur lui, il donnait un peu du sang de Machiavel : il dépeignait un monstre, un hippogriffe. Qu'avait-elle pu comprendre, cette sensuelle et molle personne, aux subtilités et aux folies de cet amour, où elle apparaissait comme une sirène, comme une déesse ambiguë de la Renaissance, au milieu des fleurs et des guirlandes d'une luxuriante imagination ?

Mais ce voyage eut aussi pour résultat d'entr'ouvrir l'horizon de Constance. Comme de son vivant, Vautier lui faisait en effet une atmosphère presque irrespirable. Elle suffoquait dans cet étroit appartement où tout lui parlait de son cher mort, — et de la mort ! — Elle commença sournoisement à le fuir, préférant trouver Armand presque vivant, brusque, intelligent, par éclairs, au hasard d'une promenade dans un pays étranger, d'une visite de musée.

Depuis le mariage de Pradelle avec Mlle Emma Bergevin, elle ne pensait plus à Hugues qu'au passé ; comme à un autre mort. Elle gardait pour lui un fantôme d'amour, qui flottait encore en elle et qui répandait une douce lueur sur des scènes d'autrefois. Elle eût refusé de le revoir. L'idée de savoir ce qu'il faisait lui était indifférente et presque hostile. Elle l'eût fui, non par crainte de rouvrir une ancienne blessure, mais comme on refuse de rencontrer un traître, celui qui a menti à sa parole et qui, ayant dû être Bacchus, aurait accepté de devenir Silène. A certains changements de saison, cependant, à certaines heures, elle s'attendrissait sur ses souvenirs, à qui le temps donnait cette image parfaite qu'il offre de ce qu'il détruit, en manière d'ironique ou de pitoyable compensation. Mais ses regrets n'étaient pas vifs. Elle soupçonnait que son mariage avec Hugues n'eût rien réalisé de ce que promettaient leurs échanges de fictions. Pourtant, à la pensée de sa solitude et qu'elle eût pu conserver la présence de Pradelle (sa présence seule, en dehors de tout ce qu'elle comportait), elle avait l'impression que son cœur se tordait sur lui-même, comme le poisson dont l'eau n'alimente plus les branchies.

Pour lutter contre le découragement, elle voyagea de plus en plus, demandant à la curiosité ce que la communion humaine lui refusait. La curiosité est, quoi qu'on en pense, le sentiment qui a le moins besoin du monde extérieur, qui a toujours de quoi

l'animer ; et cela manque souvent à l'amour ou au désir. Elle lutta
contre l'affreux démon qui s'empare de nous, dans les chambres
d'hôtel, le soir, à six heures ; démon hideux, couvert de linoléum
et répandant, au lieu de soufre, des nuages de naphtaline. Elle ne
le vainquit pas complètement, mais s'habitua à son voisinage.

Elle ne regretta pas son sacrifice et ne le discuta jamais.
Au surplus, la gloire de Vautier lui rendait en satisfaction de
conscience un peu de ce qu'elle avait perdu en bonheur. Elle
était convaincue qu'il avait été nécessaire, et toute sa force d'âme
venait de cette conviction.

Elle fut une de ces femmes qui vont à travers le monde et
qu'on voit, de-ci, de-là, dans une gare, sur un débarcadère,
dans un couloir d'hôtel, seule et portant aux yeux le vertige
d'avoir contemplé tant d'horizons divers et toujours également
vides.

ÉPILOGUE

Au moment de quitter la claire boutique, où il venait de consommer un thé chinois, Hugues Pradelle passa devant une jeune femme en deuil, qui grignotait des *muffins*. Il s'arrêta soudain et parut peser ses décisions dans une invisible balance. Il se dirigea mollement vers la porte, puis revint soudain sur ses pas et se présenta devant l'isolée. Celle-ci leva la tête et rougit :

— Hugues! s'écria-t-elle.

— Me permettez-vous de m'asseoir un moment avec vous ?

Sans répondre, elle recula sa chaise et il posa maladroitement son chapeau sur l'étagère de la table.

— Je vous demande pardon de ne pas vous avoir écrit, il y a cinq ans, dit-il. Mais j'avais quitté votre frère dans des circonstances si absurdes que je ne savais que vous dire... J'ai pourtant bien pensé à vous — et à lui aussi! Je l'ai tant aimé dans ma jeunesse!

— Je supposais bien, en effet, dit simplement Constance, que vous ne pouviez pas l'oublier ainsi. Il a parlé de vous jusqu'à la fin. Il vous regrettait toujours,

— Je... Je crois que je me suis conduit d'une manière idiote avec lui, — mais j'étais si enfant!... Vous êtes à Lausanne pour longtemps ?

— J'ai l'intention d'y faire un assez long séjour. Et vous ?

— Oh! moi, je dois repartir demain. J'ai accompagné à Ouchy un ami malade. Mes gosses m'attendent...

Il dit qu'il en avait deux : une fille et un garçon.

— Et votre femme va bien ? demanda Mlle Vautier.

Pradelle rougit vivement :

— Vous ne savez donc pas ? J'ai divorcé...

Elle s'excusa, elle ignorait en effet tout de lui depuis son mariage..

— J'ai fait une grande erreur en épousant Emma Bergevin, dit-il. Mais, hélas! on ignore tout de la personne à qui l'on se marie.

Constance, gênée, changea de conversation. Elle évoqua des souvenirs riants ou mélancoliques de leur commune existence espagnole. Ils semblaient frapper Pradelle d'une sorte d'accablement.

— Ah! si ma vie était à refaire! gémit-il plusieurs fois.

A la fin, n'y tenant plus, il s'écria avec violence :

— Dites, Constance, qu'avez-vous pensé de moi ? Comment m'avez-vous jugé ?

— Je préfère ne pas revenir là-dessus.

— Comment ai-je pu être aussi aveugle ? s'écria-t-il, avec égarement. Vous étiez si simple, si pure, si bonne! Et au lieu de vous épouser, je me suis laissé capter par la nature la plus artificieuse du monde, une toquée qui n'aimait que les intrigues et les situations anormales. Rien de tout cela ne serait arrivé, si je n'avais pas fait la sottise de la prendre pour confidente à mon premier retour de Grenade!

— C'est elle, je pense, s'écria Constance, soudain illuminée, qui vous a poussé à exiger de moi une réponse immédiate et qui a provoqué ainsi notre rupture ?

— Il a dû se passer en effet quelque chose de cet ordre. Je ne m'en suis pas rendu compte alors. Mais depuis elle m'a joué tant de comédies...

— Pourtant vous l'avez aimée ?...

— En suis-je sûr ? J'étais jeune, j'aimais l'amour, j'avais besoin de bonheur, et il me le fallait tout de suite, comme à un enfant gâté de réaliser son caprice. Je ne savais pas que rien ne s'obtient que par le temps et la patience, et surtout le bonheur...

Mlle Vautier appela la servante et régla son addition, puis elle dit à Hugues qu'elle habitait Ouchy et lui demanda s'il voulait l'accompagner jusqu'à sa porte.

Ils quittèrent la boutique de Grieffnegger et descendirent la rue de Bourg. Le ciel de juin, tout bleu, luisait très haut, avec une douceur aimable. Tout respirait un abandon heureux à la vie, une familiarité un peu comique. Sur la place Saint-François, les ombrelles repliées des victorias avaient l'air de grands échassiers qui surveillent un étang. Des pigeons peints s'envolèrent, et l'on vit passer dans le soleil leurs ailes orangées, leurs ailes vertes, leurs ailes bleues.

— Ce n'était donc pas seulement votre rancune contre Armand, reprit Mlle Vautier, qui vous poussait à me le faire quitter. Vous réclamiez de moi une clause inacceptable afin de reprendre votre liberté ?

— Je ne savais pas bien moi-même ce que je voulais en ce moment. Je n'étais plus qu'un instrument entre les mains d'Emma.

Constance songeait avec une douloureuse pitié aux remords qui avaient empoisonné les derniers jours de Vautier. « Dire qu'il se croyait responsable de mon isolement, songeait-elle. Et Hugues lui-même ne l'était pas ! » Comme elle avait saisi le dernier chaînon, elle ne voyait pas ceux qui l'avaient précédé.

Elle n'aimait plus Pradelle, mais il lui plaisait encore. Pourquoi n'avait-elle pas eu la force de le vouloir, même contre Armand ? Il eût accepté forcément à la longue une situation imposée, et Pradelle eût perdu de son intransigeance.

Alors elle évoqua les hautes chimères bien armées, qui lui avaient fermé le palais du dieu : Honneur, Fidélité, Sacrifice de soi, les beaux monstres au noble visage, sortis de son cerveau, à l'appel de la conscience héréditaire. Mais elle ne les reconnut pas ; elle avait, lui semblait-il maintenant, doté de noms romantiques sa peur de l'effort, sa crainte de soutenir une longue lutte contre Armand, sa faiblesse d'âme. Invitée à choisir entre le

Bonheur et le Malheur, son choix s'était porté sur celui-ci, parce qu'il était le plus facile à atteindre, le plus immédiat. Ainsi donc, pendant des années, elle avait glorifié sa lâcheté en lui donnant le beau nom de Vertu!

« Je n'aurai même plus ce secours, qui est dans l'orgueil d'une bonne action », pensa-t-elle, avec amertume.

— Je vois bien, fit Hugues, que je me suis conduit stupidement.

« Et moi aussi », songea Constance ; mais elle se garda bien de le dire.

— Nous sommes seuls, maintenant, continua-t-il, et bien misérables, je pense! Que faites-vous de votre vie, Constance?

— Je voyage.

— Ne pensez-vous pas à vous marier?

— Je n'ai plus assez de foi dans le bonheur pour le faire. Et puis, ajouta-t-elle pour tirer vengeance de son ancien amoureux, quand on a vécu avec un homme aussi admirable en toute chose, aussi intelligent qu'Armand, qui voulez-vous que j'épouse? Maintenant surtout qu'il n'est plus là, je vois mieux de combien il dépassait les autres hommes.

Brusquement, au bas de la rue qu'ils suivaient, les arbres serrés s'écartèrent, et le lac apparut si pâle qu'il semblait lointain, même à ceux qui s'approchaient de ses berges.

— Vous avez raison, Constance. Vautier a été une des plus grandes figures de notre temps. Moi aussi, je m'en rends compte aujourd'hui. Hélas! la jeunesse n'est qu'une course absurde à l'indépendance! On gaspille ce qu'on a de meilleur dans l'espoir de se grandir par les démolitions! Vautier avait raison en me jugeant sévèrement. Lui, au moins, il laisse derrière lui une belle œuvre ; moi, je n'ai rien fait. Il avait très bien compris que mes goûts littéraires, mon horreur de la vraie poésie, ne cachaient que ma paresse et ma sensualité ; et ce même instinct m'a conduit à épouser par impatience une femme qui m'a fait le plus de mal possible. Je haïssais Armand, au fond, de ne pouvoir l'imiter dans l'austérité de son effort, et je voulais qu'il eût tort... Vous voyez, Constance, que j'ai changé d'avis, acheva-t-il, avec un pauvre sourire.

Ils se trouvaient devant le port d'Ouchy. Le lac, tranquille, ne poussait vers les rives ses vagues dormantes que pour avoir l'air de jouer un rôle dans le paysage. Quelques barques s'abandonnaient à elles, sans prétention, ni nostalgie, et leur vue n'excitait en rien l'imagination ; on savait si bien qu'elles n'allaient nulle part!

Constance regarda Pradelle avec pitié ; alors, il eut honte de s'être humilié à ce point, et il lui dit :

— J'ai heureusement de grands projets. Je pense qu'à un certain âge il faut cesser de prendre plaisir à ses propres affaires et consacrer son activité aux choses publiques. Je fais les éditoriaux de l'*Epoque*, et je crois que je me présenterai aux prochaines élections législatives. Du moins, mes amis me pressent de solliciter un siège...

— Vous avez raison, dit-elle. Il faut faire quelque chose de sa vie...

— Ah! Constance, quel mauvais génie nous a empêchés d'être heureux! Nous étions si bien faits l'un pour l'autre! Vous souvenez-vous de ce soir si beau, où je vous ai dit que je vous aimais, sur cette terrasse, au-dessus de la ville? Qui m'aurait prédit alors que tout ce bonheur fondrait sous mes doigts sans que je pusse y toucher? Au fond, qu'y a-t-il eu exactement entre nous qui nous l'ait défendu? J'ai de la peine à le comprendre!

— Ne nous attendrissons pas, c'est inutile, répondit Constance, en retirant doucement sa main, que Pradelle venait de prendre dans les siennes.

— Ne regrettez-vous rien? dit-il, comme s'il espérait trouver un certain plaisir dans cette constatation.

Elle ne voulut pas l'avouer, bien que son cœur fût douloureusement ému. Elle le regarda ; fripé, bouffi, il n'avait plus grand'chose de son joli visage, mais il montrait toujours un regard langoureusement sentimental et ce menton fuyant.

« Toujours le même, pensa-t-elle, avec un secret mépris. Il est à qui voudra le prendre, mais celle qui le prendra ne le retiendra pas longtemps! »

Il la considérait aussi ; sans précisément vieillir, elle avait une physionomie différente. La couleur ivoirine de son teint s'accentuait ; ses traits se creusaient, son front bombait, ses yeux, plus doux, semblaient plus las. Il la compara en pensée à une vierge gothique, belle de quelque chose qui n'est pas la beauté.

Des nuages moutonnaient au flanc des montagnes, ronds et pressés comme des flocons ; c'était une sorte de neige qui s'élevait du lac et gagnait peu à peu les cimes ; on apercevait, entre leurs interstices, des formes rocheuses sans opacité, l'ombre légère des pentes, des vallonnements pleins d'écume.

— Il me faut rentrer, dit-elle, en se dirigeant vers l'hôtel.

Il l'accompagna jusqu'à la porte.

— J'ai relu l'autre soir, fit-il tout à coup, quelques poèmes d'Armand : *La Mort de Moïse*, entre autres. Il a eu des divinations qui touchaient au génie.

— Oui, répondit Constance.

Et comme si elle estimait que Pradelle n'était plus même digne de juger son frère, elle l'interrompit :

— Et Bergevin ?

— Je suis brouillé avec lui. Il est courriériste dramatique au *Don Quichotte*, il me déteste autant que je le déteste.

Elle lui tendit la main :

— Eh bien, adieu, Hugues ! Bonne chance !

— Constance, ne vous reverrai-je jamais ?

— Nous nous rencontrerons peut-être encore, ici ou là.

Elle ne le désirait aucunement, mais si le hasard mettait de nouveau Hugues Pradelle en sa présence, elle le reverrait, sans ennui et peut-être même sans regrets.

IMPRIMÉ

POUR LA COLLECTION

" *LE LIVRE DE DEMAIN* "

SUR LES PRESSES

DE LOUIS BELLENAND ET FILS

A FONTENAY-AUX-ROSES

JUIN 1927